वास्तव में

शैलजा कौशल

डायमंड बुक्स

www.diamondbook.in

प्रकाशक: डायमंड पॉकेट बुक्स (प्रा.) लि.
X-30, ओखला इंडस्ट्रियल एरिया, फेज-II
नई दिल्ली-110020
फोन : 011-40712100
ई-मेल : sales@dpb.in
वेबसाइट : www.diamondbook.in
संस्करण : 2015
मुद्रक : आदर्श प्रिंटर्स, शाहदरा, दिल्ली-32

Vastav Mein
By : Shailja Kaushal

अनुक्रम

समर्पण

मेरी जीवन यात्रा के विभिन्न पड़ावों पर रूबरू हुए उन जीवंत चरित्रों को जो बाद में कल्पना के कैनवस पर संवेदना की स्याही से मेरे पात्र बनें और इसके साथ ही उन सुधी प्रेरकों एवं पाठकों को जो रिश्तों को गरिमा देते हैं।

लाइट्स कैमरा एक्शन...

अपने चार दशक से अधिक के फिल्मी कैरियर में एक बाद मैंने शिद्दत से महसूस की, वो यह कि बॉलीवुड में वे ही फिल्में हिट हुई हैं, जिनकी कहानी सशक्त थीं। दूसरे शब्दों में कहें तो फिल्म की पटकथा ने दर्शकों के दिलों को छुआ। मेरी ऐसी फिल्मों की कहानी दर्शकों को आज भी याद है, जो मैंने शुरुआती दौर में कही थी। वास्तव में दर्शक - पाठक कहानी में खुद और अपने परिवेश को जोडकर देखते हैं। यूं कह सकते हैं कि कहानी की समग्रता उसके व्यापक कैनवस में निहित होती है। शैलजा कौशल के पहले कहानी संग्रह 'वास्तव में' को पढते वक्त मुझे कहानियों की विष्य वस्तु की विविधता तथा विस्तृत झलक से कहानी का यही गुण महसूस होता है। कहानियां हमें समाज का आईना दिखाती हैं। मैंने बचपन में शैलजा को देखा है और उसकी संवेदनशीलता को महसूस किया है। लेकिन वह इस बीच कब परिपक्व लेखिका बन गई, मुझे यह एहसास कहानियों से गुजरते हुए ही हुआ। यह ठीक है कि लेखन उसे विरासत में मिला। मेरे बाल सखा नरेश कौशल कॉलेज के दिनों में ही साहित्य साधना में रत रहे हैं और एक प्रतिष्ठित अखबार के संपादक भी रहे हैं। लेकिन शैलजा ने अपनी अलग जमीन तैयार की है। यहां यह भी उल्लेख करना जरुरी समझता हुं कि शैलजा की कहानियां तमाम बडे पत्र पत्रिकाओं में प्रकाशित हुई हैं, लेकिन इसके लिए स्वाभिमानी शैलजा ने पिता के अखबार का सहारा नहीं लिया।

जैसा कि मैंने कहा कि ये कहानियां हमें समाज का आईना दिखाती हैं। इनमें भारतीय मूल्यों की टूटन है, बिखराव है, लेकिन नाउम्मीदी नहीं है। कहानी आशावाद की तरफ भी ले जाती है। अच्छी बात यह है कि कहानी सरल भाषा में साफगोई के साथ लिखी गईं हैं। उनमें शब्दों का आडम्बर नहीं है। कहानियां दिल को छूती हैं। मैं शैलजा की साहित्यिक यात्रा की सफलता की कामना करता हुं। उम्मीद करता हुं कि जल्द ही उनके नये कहानी संग्रह आने वाले वर्षों में पाठकों तक पहुंचेगें। प्रभु से प्रार्थना है कि लेखिका को होनहार बनाएं। मुझे इनमें बडा लेखक दिखाई देता है।

- ओम पुरी

पहला पड़ाव

हमारे जीवन में बहुत कुछ ऐसा घटता है, जो हमें गहरे तक प्रभावित करता है। सामान्य व्यक्ति के लिए वह एक महज घटनाक्रम है। संवेदनशील व्यक्ति तात्कालिक प्रतिक्रिया देकर अपने काम-काज में जुट जाता है। वहीं, रचनाकार और साहित्यकार उसका मंथन करते हुए समाज को उसके निहितार्थ बताने का प्रयास अपनी लेखनी के जरिये करता है। वह विषय के समकालीन प्रश्नों के जवाब तलाशने के अलावा भविष्य की दशा-दिशा बताने का भी प्रयास करता है। तकरीबन दो दशक पहले की बात है जब पूरे देश में गणेशजी को दूध पिलाने की होड़ चल रही थी। भले ही इस घटनाक्रम को कोई तार्किक आधार नहीं था, लेकिन करोड़ों रुपयों का दूध बेकार बहा। मन में विचार आया कि जिस देश के आधे बच्चों को दूध नसीब न होने से कुपोषण का शिकार होना पड़ रहा है, वहां दूध की ऐसी बर्बादी? मैंने इसके विरोध में एक पत्र लिखा जो 'जनसत्ता' के 'संपादक के नाम' पत्र कालम में प्रकाशित हुआ। अखबार में पहली बार नाम छपने की खुशी बयां करना कठिन था। सोलह वर्ष की उम्र में इस तरह लिखने का सिलसिला शुरू हुआ। वैसे घर में लिखने-लिखाने का माहौल था। पिताश्री नरेश कौशल चार दशक से पत्रकरिता में सक्रिय रहे। सही मायनों में, मैंने कलम पकड़ना और उसे साधना उनकी ऊर्जावान पत्रकारिता से सीखा। घर में तमाम पत्र-पत्रिकाओं के साथ साहित्यकारों का आना-जाना लगा रहता। इस तरह मन में सृजनात्मकता के अंकुर प्रस्फुटित होते रहे।

इस तरह लिखने की जो परंपरा बुद्धि-ज्ञान के देवता गणपति की कृपा से प्रारंभ हुई, वह कालांतर तक जारी रही। यूं तो हमारे देश में कहानी कहने की समृद्ध परंपरा रही है, जो आज व्यापक झलक के साथ विद्यमान है। किताबों से निकलकर कहानी रेडियो तथा टीवी स्क्रीन पर चस्पां हो गई। रोज प्रसारित होने वाले धारावाहिकों का मुख्य आधार कहानी ही तो है। कहानी की लोकप्रियता का ही असर है कि अब तमाम एफएम रेडियो पर भी चर्चित और

लोकप्रिय कार्यक्रम कहानियों पर ही आधारित हैं। इसकी वजह यही है कि कहानियों के पात्र हमारे बीच के ही हैं और उनमें हम अपना अक्स तलाशते हैं।

मेरी कहानियों में भी रोजमरा के जीवन के घटनाक्रमों तथा उपजे चरित्रों की प्रतिछाया नजर आएगी। इन तमाम घटनाओं को शब्दों के जाल में पिरोकर कहानी को बुनावट दी है। इस तरह का एक सुंदर गुलदस्ता मैं आपको सौंप रहीं हूं। अपनी जीवन यात्रा में जो कुछ असामान्य घटा, जिसने मुझे उद्वेलित किया, उसे मैंने शब्द-माला में पिरोने का प्रयास किया। इसमें मेरे निजी अनुभव से लेकर सामाजिक सरोकार निहित हैं। एम सी एम डी ए वी कालेज चंडीगढ़ में अध्ययन के दौरान मैंने कथा-शिल्प का पाठ पढ़ा, जिसमें मेरी अध्यापिका डॉ. पुनीत बेदी ने सहायता की। वह आज वहां प्रिंसिपल हैं। इसके चलते कालेज की साहित्यिक पत्रिका की संपादिका बनी एवं मुझे राज्य स्तरीय कहानी पुरस्कार मिला। संयुक्त परिवारों के बिखराव व एकल होते परिवारों के दंश करीब से महसूस किए। मैंने अपने जीवन में जो उतार-चढ़ाव देखे उसका अक्स कहानियों में शिद्दत के साथ मौजूद है। बहुराष्ट्रीय कंपनियों में काम करते हुए महसूस किये औपचारिक और कभी प्रेरक वातावरण की बानगी भी इन कहानियों में नजर आएगी। मां श्रीमती कमला कौशल की स्नेह-छांव ने मुझे न केवल संबल दिया, बल्कि लगातार लिखने को प्रेरित भी किया। इस यात्रा में अनुजा-सिद्धार्थ शाह व तनुजा-शलभ कपूर एक समालोचक की तरह मुझे प्रेरित करते रहे। दादाजी स्व. श्री प्रेमचंद शर्मा और दादी श्रीमती कौशल्यावती की कृतज्ञ हूं जिनसे जीने का सलीका सीखा।

इस क्षेत्र के प्रतिठित साहित्यकार व आलोचक डॉ. पुष्पपाल, डॉ. सुभाष रस्तोगी, प्रमुख आईएएस अधिकारी, साहित्यकार डॉ. कृष्ण कुमार खंडेलवाल एवं वरिष्ठ पत्रकार अरुण नैथानी ने भी इस मुकाम तक पहुंचने में प्रोत्साहित किया। इसके अलावा मैं उन सभी लोगों के प्रति कृतज्ञ हूं जो जाने-अनजाने में मेरी यात्रा में उत्प्रेरक की भूमिका में रहे। मेरी कथा यात्रा, 12 पड़ाव के इस संग्रह के रूप में आपके सामने है। इसमें मैंने अपने आस-पास, निजी सार्वजनिक जीवन से जुड़े यथार्थ के बिंब उकेरे हैं। इस पहले प्रयास में यदि कुछ आपकी अपेक्षाओं पर खरा न उतरे तो अन्यथा न लें।

आपके उत्साहवर्धक प्रतिसाद की अपेक्षाओं के साथ,

–शैलजा कौशल

दीमक वाला एलबम

फिल्म देखने का प्रोग्राम था। उसके बाद डिनर के लिए जाना था। शाम के 6 बज रहे हैं और हर्ष का अभी तक कुछ पता नहीं। स्नेहा उसके मोबाइल पर कॉल कर रही है लेकिन फोन नो रिप्लाई है। दिन में स्नेहा जाकर फिल्म की टिकटें ले आई थी। कुछ देर घर में इधर-उधर परेशान घूमने और विचलित रहने के बाद वह शांत हो गई। साढ़े सात बजे तक, हर्ष का इंतज़ार करने के बाद स्नेहा ने कपड़े बदले और बाहर लॉन में जाकर कुर्सी पर बैठ गई। खाना बनाने का मन नहीं है।

सालगिरह नहीं थीं। उन्होंने तो यूं ही घूमने-फिरने का मन बनाया था। काफ़ी दिनों से सोच रहे थे कि एक साथ फिल्म देखी जाए। स्नेहा परेशान रहने लगी थी। पिछले कुछ महीनों से हर्ष अजीब तरीके से व्यवहार कर रहा है। दो हफ़्ते से वे दोंनो मार्निंग वॉक पर भी नहीं गए। ये फिल्म का प्रोग्राम भी स्नेहा ने ज़बरदस्ती बना लिया था। ख़ैर, खाना तो बनाना पड़ेगा। हर्ष ऑफिस से आकर खाएगा क्या। आखिरकर रात साढ़े आठ बजे स्नेहा के सेल पर हर्ष का फोन बजा। उसने स्नेहा से सॉरी फील की और बताया

कि वह एक अर्जेन्ट काम में बिज़ी हो गया था। इससे स्नेहा के मूड में ज़रा फ़र्क़ नहीं पड़ा। वह परेशान थी हर्ष के बदले हुए बर्ताव को लेकर। अब तो चिंता होने लगी थी। शादी को अभी तीन साल भी पूरे नहीं हुए हैं और हर्ष का इन्टरस्ट घर में कम होने लगा है। वह सुबह टाइम से पहले घर से निकलता है और रात को देर से लौटता है। कुछ दिन पहले हर्ष के ऑफिस स्टॉफ ने शिमला का एक टूर प्लान किया। स्नेहा ने साथ चलने की बात की तो हर्ष ने उसने यह कहकर मना कर दिया कि बाकी स्टॉफ फैमिली को साथ नहीं ले जा रहा और साथ ही हर्ष ने स्नेहा को एक लांग वीकेंड पर घुमाने लेकर जाने का प्रॉमिस किया। वह लांग वीकेंड तो पता नहीं कब आएगा। फिलहाल तो और बहुत से सवाल स्नेहा के सामने खड़े हैं।

उस दिन तो हद ही हो गई। वह संडे को भी ऑफिस के लिए तैयार हो रहा था। पूछने पर बताया कि वर्किंग डेज़ में टाइम न मिलने के कारण एक अर्जेन्ट मीटिंग संडे को रखनी पड़ी। उसने कैज़ूएल्स पहनें, टी शर्ट और जीन्स। तैयार होने के बाद हर्ष शीशे के सामने से हट नहीं पा रहा था। स्नेहा ने हर्ष के ही कहने पर शादी के बाद जॉब छोड़ दी थी। हर्ष के ऑफिस का स्टॉफ उसके अंडर है, सैलरी भी बढ़िया है। अपना घर है। लेकिन अब तो पानी सिर के ऊपर से गुज़रने लगा है। स्नेहा ने इस प्रॉब्लम को अपनी मम्मी से डिस्कस किया तो उसकी मम्मी ने उससे सब्र रखने को कहा। होता है कभी कभी। ऑफिस के काम में उलझा होगा, इसमें इतना परेशान होने की क्या बात है। उन्होंने स्नेहा को फैमिली प्लान करने का सुझाव दिया।

अब संडे भी घर में तन्हा बीतने लगा था। हर्ष शाम होने से पहले घर लौट तो आता लेकिन स्नेहा उदास और परेशान रहने लगी थी। उसने हर्ष से फैमिली प्लान करने की बात की। इस पर हर्ष ने यह कहकर टाल दिया कि एक साल बाद उसका प्रमोशन है। फिर घर के लिए टाइम ही टाइम होगा। बस फिलहाल मेहनत कर लेने दो। यह वही हर्ष है जो मंगनी के बाद ही बच्चों के स्कूल डिस्कस करने लगा था। अब सब्ज़ी लाने से लेकर घर के बिजली के काम तक सब स्नेहा के गले पड़ गया था। घूमना फिरना, फिल्में, डिनर, वीकेंड, सब बंद। हर्ष की अजीब सी बदली-बदली बातें। कटे-कटे रहना। कई बार तो स्नेहा ने

उसे न जाने कहां खोए हुए देखा। हाथ में अखबार होगा और दिमाग कहीं और। एक दिन स्नेहा के पांव पर चोट लगी तो वह पहली बार खुद ड्राइव करके डॉक्टर तक गई। उसके पांव में टूटे गिलास का कांच लग गया था। इंजेक्शन के बाद उसे पट्टी बांधी गई। घर लौटने पर हर्ष ने स्नेहा की चोट को लेकर बहुत ज्यादा बात नहीं की। 'ठीक से दवा लगाओ' कहकर अपने लैपटॉप में बिज़ी हो गया। देर रात तक लैपटॉप और कभी सैल फोन। ऐसी कौन सी ई-मेल्स और मैसेजिस आते होंगे।

अगले ही दिन हर्ष ने बताया कि उसे ऑफिस के काम से बंगलुरू जाना है। स्नेहा के सभी सवालों को इग्नोर करते हुए उसने एक लाइन में जवाब देते हुए कहा कि, एक टैक्निकल मीटिंग है और रीजनल ऑफिस में एक कॉनफ्रेंस भी है। इसी को सच मान लेने के अलावा स्नेहा के पास कोई और रास्ता भी तो नहीं था। लेकिन स्नेहा के पैरों तले ज़मीन निकल गई जब हर्ष ने बंगलुरू से फोन पर बताया कि उसका टूअर दो दिन एक्सटेंड हो गया है। अब स्नेहा को लगने लगा था कि हर्ष उसका मूर्ख बना रहा है। फोन नहीं उठाता। जब मन करता है तब फोन करता है। उसकी सेहत और लाइफ से तो जैसे हर्ष को कोई मतलब नहीं था।

महीने बीतते गए। स्नेहा को धीरे धीरे अब ऐसे जीने की आदत हो रही थी। समय के साथ स्नेहा ने अपने दिमाग़ में एक अजनबी अनजान लड़की की छवि बना ली थी जो हर्ष को उसके जीवन से दूर ले जा रही थी। हो न हो हर्ष की हरकतें अफेयर की ओर इशारा करती हैं।

वह अक्सर खाली समय में कल्पना करती। कैसी होगी वह लड़की। सुंदर, मॉर्डन, स्मार्ट, कॉरपोरेट जॉब, फास्ट और अटरेक्टिव। स्नेहा को यह भी पता है कि उस लड़की का फेवरेट कलर वाइट है। वरना हर्ष इस तरह एक साथ तीन-तीन वाइट शर्ट्स क्यों खरीदते। इसके अलावा एक शर्ट तो कपड़ा लेकर अपनी पसंद से बनवाई है, चाइनीस कॉलर वाली वो पूरी बाजू वाली शर्ट जब भी प्रेस होकर आती स्नेहा की आंखों में चुभती। हर संडे वह सफेद टी-शर्ट और जीन्स पहनकर ऑफिस जाता है। जबकि स्नेहा का फेवरेट कलर तो ग्रे है। मंगनी के बाद हर्ष ने ग्रे कलर की कई टी-शर्ट्स खरीदी थीं।

धीरे धीरे उसने ठाना कि वह पता करेगी कि ऐसा क्या हो रहा है हर्ष के जीवन में। उसे ध्यान आया, संजीव का। संजीव हर्ष का ऑफिस में सबसे अच्छा दोस्त है। शादी के बाद हर्ष और स्नेहा संजीव के घर डिनर पर गए थे। स्नेहा ने उसका मोबाइल नंबर पता किया। फोन करने से पहले उसने कई बार सोचा। इसके अलावा अब और कोई रास्ता नहीं था। सबसे बड़ा सवाल वीकेंड पर ऑफिस जाने को लेकर था। ख़ैर, बहुत सोच विचार कर स्नेहा ने आख़िरकार संजीव को फोन लगाया। उसने मिन्नत की तो संजीव को मुलाकात के लिए मानना पड़ा। वे एक रेस्टोरेंट में मिले। संजीव से बात करते समय वह काफ़ी इमोशनल हो गई। उसने हर्ष के बदले और अजनबी व्यवहार के बारे में बताया। लगातार वह हर्ष की बेरुखी और बर्ताव के बारे में बोलती रही। अंत में उसने संजीव से अनुरोध किया कि हर्ष के जीवन में जो भी चल रहा है, उसके बारे में संजीव उसे सब कुछ सच-सच बता दे। स्नेहा की उम्मीद के मुताबिकसामने से ऐसा कुछ सुनने को नहीं मिला जिससे हर्ष पर सवाल उठाया जा सके।

'स्नेहा, हर्ष की हाल ही में प्रमोशन हुई है। उसके सिर पूरे स्टेट का काम है। लगातार मीटिंग्स, कॉन कॉल्स और वीडियो कॉल्स चलती रहती हैं। उसे तो दम लेने का भी टाइम नहीं।'

संजीव के इस आश्वासन से स्नेहा को उसका जवाब नहीं मिला। स्नेहा को विश्वास था कि इसके अलावा कोई और बात है या तो संजीव झूठ बोल रहा है या फिर उसे भी इस बारे में पता नहीं है। उल्टा उसे महसूस हुआ कि शायद संजीव को भी हर्ष के अफेयर की भनक नहीं है। दो घंटे की इस मुलाक़ात से स्नेहा को कोई ख़ास सहायता नहीं मिल पाई।

स्नेहा की नींद उड़ गई थी। हर्ष के फोन पर रात-रात भर मैसेजिस और ई मेल्स आते और वह पूरी पूरी रात इस बारे में सोच-सोचकर कुढ़ती रहती। इस सब का असर उसकी सेहत पर झलकने लगा। एक दिन मौका पाकर उसने हर्ष को ताना भी मार दिया कि अगर कोई और उसकी लाइफ में है तो बता दे। स्नेहा की इस बात को सुनकर हर्ष काफी देर तक बोलता रहा। हालात बिगड़ने लगे थे। स्नेहा ने किचन में काम करना लगभग बंद कर दिया था। हर्ष का ऑफिस उसी तरह चलता रहा। सभी सातों दिन। न तो उसने कभी छुट्टी ली और न ही

कभी स्नेहा की बिगड़ती सेहत पर ध्यान दिया। इस सबके चलते वह टूटने लगी थी। कुछ दिनों के लिए वह अपने मम्मी-पापा के पास गई और अपनी मम्मी के पास फूट-फूट कर रोई। पर उसके मम्मी - पापा के मुताबिक हर्ष को सुधरने क मौका दिया जाना चाहिए।

एक दिन हर्ष टीवी देख रहा था। स्नेहा ने रीमोट उठाकर टीवी ऑफ किया और हर्ष की तरफ देखते हुए बात शुरु की।

'कहां बिजी हो हर्ष ? तुम्हें तो मेरी और घर की होश ही नहीं है। कब तक ऐसे चलता रहेगा। अगर कोई है तुम्हारे जीवन में तो बता डालो। यकीन मानो मैं कुछ नहीं कहूंगी। बस मुझे बता दो एक बार।' स्नेहा एक ही सांस सब में बोल गई।

'तुम मुझ पर शक कर रही हो? तुम्हें क्या लगता है, मैं किसी लड़की के साथ मौज मस्ती करने जाता हूं? तुम्हारा दिमाग खराब है स्नेहा । तुम्हें तो मुझे इन्करेज करना चाहिए। एक साल में दो प्रमोशन यूं ही नहीं मिल गए मुझे। दो लाख से ज्यादा तनख़्वाह ले रहा हूं। बदले में काम भी तो करना पड़ेगा।'

'हां और प्रमोशन के पेपर्स में संडे को भी ऑफिस आना लिखा है। है न?'

'अरे, तुम चाहो तो ऑफिस के स्टाफ से पूछ लो। मैं संडे को भी ऑफिस ही रहता हूं। किसी के साथ फिल्म देखने नहीं जाता स्नेहा। क्या हो गया है तुम्हें स्नेहा?' तुनकते हुए वह दूसरे कमरे में चला गया था।

स्नेहा बैड पर बैठे देर तक रोती रही। वह मानने का तैयार नहीं थी कि हर्ष ऑफिस के काम से बिजी है। उसे विश्वास था कि कोई लड़की उसके पति के जीवन में आ चुकी है। बदहवासी में अब वह रात को उठकर हर्ष का फोन और बैग चैक करने लगी। हर्ष के मोबाइल में तो उसे कुछ ख़ास नहीं मिला। लेकिन एक दिन हर्ष के बैग से एक ग्रीटिंग कार्ड निकला। कार्ड ब्लैंक था।

'यह क्या है मिस्टर हर्ष। किसने दिया आपको यह कार्ड। क्या जवाब है आपके पास?' स्नेहा ने सुबह हाने पर हर्ष के जगने का इंतजार नहीं किया।

'वॉट। तुम मेरा बैग छानती हो? यह कार्ड मैंने अपने टीम मेट के लिए खरीदा है। उसने हाल ही में एक प्रोजेक्ट कम्पलीट किया है। यह सिर्फ इन्करेजमेंट के लिए है स्नेहा। एचआर का पार्ट है यह।'

'झूठ की भी हद होती है हर्ष। अब तो मान लो कि तुम्हारा ऑफिस में अफेयर है।'

'स्नेहा क्या हो गया है तुम्हें। मैं अब तंग आ गया हूं तुम्हारी इन बेहूदा बातों से। तुम्हें मेरे ऑफिस जाने से प्रॉब्लम है। तुम्हें तो असल में मेरी हर बात से प्रॉब्लम है।'

झगड़े अब रोज की बात हो गए थे। हर्ष का फोन पर चिपके रहना। स्नेहा के साथ न कहीं आना न जाना। दोनों की जिंदगियां एक साथ रहते हुए भी अलग हो गई थीं। स्नेहा की सेहत कैसी है और हर्ष की लाइफ में क्या चल रहा है। दोनों को एक-दूसरे से कोई सरोकार नहीं रह गया था। ऐसा लगने लगा था जैसे हर्ष सिर्फ खाना खाकर सोने के लिए घर आता है। स्नेहा अब हर दूसरे दिन अपने मम्मी-पापा के घर जाने लगी थी। वह अपनी मां के पास बैठकर घंटों रोती रहती। उसकी सेहत गिरती जा रही थी। स्नेहा के पेरेंट्स जब अपनी बेटी का हाल नहीं देख पाए तो उन्होंने हर्ष और उसके माता-पिता से बात करने का फैसला किया। फोन पर बातचीत के बाद सभी एकत्रित भी हुए। हर्ष के माता-पिता दिल्ली से बात करने के लिए खासतौर से यहां आए थे। स्नेहा के माता-पिता ने अपनी बेटी के हाल और हर्ष की बेरुखी पर सवाल उठाए। जबकि हर्ष के माता पिता जवाब के लिए हर्ष की ओर देखते रहे। हर्ष ने सभी के सामने बताया कि स्नेहा को शक है कि उसका किसी लड़की के साथ अफेयर है।

'स्नेहा ,क्या यह सच है? क्या तुम्हें हर्ष पर शक है?' हर्ष के पिता ने पूछा तो स्नेहा फफक पड़ी। थोड़ा संभली और बोली, 'मैं मरुं या जिंऊ, हर्ष को इस बात से कोई मतलब नहीं।'

स्नेहा की बिगड़ती सेहत को लेकर सभी चिंतित थे। हर्ष ने सबका कहा मानना शुरू किया। वह समय पर घर आने लगा। लेकिन स्नेहा को इससे राहत मिलती नज़र नहीं आई। हर्ष का किसी लड़की के साथ अफेयर है, यह बात स्नेहा के मन में घर कर गई थी। वह किसी कीमत पर यह मानने के लिए तैयार नहीं थी कि हर्ष उससे प्यार करता है। स्नेहा लगातार हर्ष के अफेयर की बात दोहराती रहती। वह बुरी तरह से आहत, नाराज़ और बदहवास हो गई। एक दिन उसने टेबल पर रखा फूलदान जमीन पर दे मारा। सभी सन्न रह गए।

तो एक बार घर आई एक फैमिली फ्रेंड से लड़ाई तक कर ली।

हर्ष ने कसमें खाई। यहां तक कि अपने होने वाले बच्चों के नाम पर कसमें खाईं लेकिन स्नेहा के शक को विश्वास में बदले हुए अब बहुत समय हो चुका था। दोनों के माता-पिता को विश्वास था कि हर्ष झूठ नहीं बोल रहा लेकिन स्नेहा को समझाना लगभग बस के बाहर हो चला था। हालात को देखते हुए हर्ष के माता-पिता वहीं रहने आ गए और उन्होंने फैसला किया कि सभी मिलकर अपनी बहू स्नेहा को शक के इस दलदल से निकालेंगे। पर अब स्नेहा इस दलदल में आधे तक धंस चुकी थी। उसे मदद बहुत देर से मिली। दो-दो दिन बिना नहाए वह अपने बैड पर पड़ी रहती। अंततः उसे डॉक्टर के पास ले जाना पड़ा। गए तो वह फैमिली डॉक्टर के पास थे लेकिन उसने जो कहा उसे सुनकर सभी सन्न रह गए।

डॉक्टर ने स्नेहा को साइकिएट्रिस्ट के पास रैफर कर दिया था।

स्नेहा का इलाज साइकिएट्रिस्ट डॉ. अनिकेत गुप्ता के पास शुरू हुआ। सबसे अकेले में सारी स्थिति सुनने के बाद डॉक्टर ने सबसे पहले हर्ष को लताड़ा।

'भले ही आपका अफेयर नहीं है, लेकिन हर्ष आप एक बेरहम और लापरवाह पति हैं। वह बहुत रोई हैं। आपने उसे मेरे पास लाने में बहुत देर की। आपकी पत्नी डिप्रेशन से पीड़ित हैं। आपने उनके साथ ऐसा व्यवहार किया है जिसके चलते वह अपने आपको बहुत अकेला और टूटा हुआ महसूस कर रही हैं। अकेलापन ही इस बात का कारण है कि वह आपको किसी अन्य महिला से जोड़कर देख रही हैं। इलाज लंबा चलेगा। आपको इनकी दवाई और इनके मिज़ाज पर ध्यान देना होगा। धीरज से पेश आईए। आप या तो नौकरी बदल लें या फिर इन्हें पूरा समय दें। वरना आई थिंक, स्नेहा अपने पेरेंट्स के घर पर अधिक सेफ और आराम से रहेंगी। बताइए आप क्या चाहते हैं?'

डॉक्टर की बातें सुनकर हर्ष भीतर तक हिल गया था। सच ही तो है, उसने स्नेहा की बिगड़ती सेहत पर गौर नहीं किया। कभी-कभी तो यह पता होने के बावजूद कि वह घर पर पड़ी-पड़ी बीमार हो रही है, उसने स्नेहा की सेहत सुधारने के लिए कोई क़दम नहीं उठाया। हर्ष ने डॉ. गुप्ता को आश्वासन दिया

कि वह स्नेहा का ख़्याल रखेगा और उसे समय देगा। स्नेहा अब पहले की तरह खिली-खिली, जीवन से भरी, हंसती मुस्कुराती रहने वाली लड़की नहीं रही थी, जिसे जीने का, फिल्में देखने का, फैशनेबल कपडे पहनने का, पार्टी करने का शौक़ था। अब तो वह अपने आपको ढो रही थी। दिन भर उदास रहती। रात दिन सिर्फ सोए रहने की वजह से अब उसे किसी से बात करने का अवसर नहीं मिलता। जब भी बोलती, हर्ष और उसके अफेयर की ही बात करती।

हर्ष ने अपना रुटीन चेंज किया। स्नेहा को शॉपिंग पर और घुमाने के लिए ले जाने की कोशिश की। बाज़ार जाने पर स्नेहा को लगता कि कोई लड़की उन दोनों को छुप-छुपकर देख रही है। एक बार तो उसने दुकान में सेल्सगर्ल को बिना बात झाड़-पिला दी। बड़ी मुश्किल से हर्ष उसे घर तक लेकर आया। वह कई बार अपने पास से गुज़र रही लड़कियों को बड़े ग़ौर से देखती। दवाइयां बहुत धीमे असर कर रही थीं।

उसकी मिजाज अब कहीं बाहर जाने लायक नहीं बचा था। हर्ष उसे अब हर हफ़्ते डॉ. गुप्ता के पास कांउसलिंग के लिए लेकर जाने लगा था। डॉ. के सामने हर्ष ने स्नेहा के लिए कसमें खाईं कि वह सिर्फ उसी से प्यार करता है। डॉ. ने कई तरह की दवाइओं को कम्बाइन करके स्नेहा का बेहतर से बेहतर इलाज करना चाहा लेकिन उसे संभालना कठिन होता जा रहा था। हर्ष पर नौकरी बदलने का दबाव बनने लगा था। वरना स्नेहा के माता-पिता उसे अपने साथ अपने घर ले जाने को तैयार थे। इस सबके चलते हर्ष ने अपनी नौकरी बदल ली। उसने एक अन्य कंपनी में सीनियर पॉजिशन पर ज्वाइन किया। शनिवार और इतवार वह स्नेहा के पास रहता। उसे ज्यादा से ज्यादा समय देने की कोशिश करता।

दवाइयों से सोए रहने के बाद स्नेहा के दिमाग़ को आराम तो मिलता लेकिन जब भी वह बात करती तो किसी अनजान लड़की का ज़िक्र करती रहती। वह जब भी हर्ष के साथ रहती, उसे लगता कि हर्ष का ध्यान कहीं और है। वह किसी और से प्यार करता है। क़रीब एक साल तक इलाज चलने के बाद डॉ. गुप्ता को महसूस हुआ कि स्नेहा पर दवाइयां उस तरह असर नहीं कर पा रही हैं जैसे होना

चाहिए। आख़िरकर एक दिन डॉ. गुप्ता ने स्नेहा को अस्पताल के लिए रैफर कर दिया। बताया गया कि कुछ समय तक उसे एडमिट करना पड़ सकता है। सुनकर स्नेहा की मां का बिलख उठीं। अस्पताल का नाम सुनकर हर्ष ने नौकरी छोड़ने का फैसला किया।

स्नेहा को अस्पताल में भर्ती कर लिया गया। स्नेहा की तबीयत में बदलाव लाने के लिए लम्बे समय तक इंतज़ार करना पड़ सकता था। एक दो बार स्नेहा को घर लाया गया लेकिन बात नहीं बनी। वह अब हर्ष से मिलती भी नहीं। वह मान चुकी है कि हर्ष ने किसी अन्य लड़की से शादी कर ली है।

डॉक्टर ने कुछ महीनों के इलाज के बाद बाद स्नेहा को अस्पताल से घर जाने की इजाज़त दी। डॉक्टर्स के मुताबिक स्नेहा को उसके माता-पिता के पास रखा जाए। इलाज और कांउसलिंग में लंबा समय बीत गया। साल भी बीतने लगे। इलाज बहुत धीरे असर कर रहा था। करीब चार साल तक उसके पूरी तरह ठीक होने का इंतज़ार करने के बाद अब हर्ष के माता-पिता उसे दूसरी शादी करने के लिए मना रहे थे। स्नेहा के माता-पिता भी अब अपनी बेटी को हर्ष के घर भेजने कि लिए राज़ी नहीं थे। हर्ष बहुत टूटा हुआ था लेकिन स्नेहा के माता-पिता का नज़रिया और स्थितियों को देखते हुए हर्ष तलाक के लिए भी मान ही गया।

स्नेहा ने बिना कुछ कहे डॉयवोर्स पेपर्स पर साइन कर दिए थे। हर्ष से बिछुड़ने के ग़म का अहसास स्नेहा कर ही नहीं पाई। उसके लिए तो हर्ष पहले ही किसी और का हो चुका था।

कुछ समय बाद पता चला कि हर्ष की शादी कर दी गई है। जीवन में आए इस भूचाल से वह हिल गया था और जीवनसाथी मिलने पर उसके थके-टूटे दिमाग़ को कुछ राहत मिली। हालांकि वह स्नेहा के बारे में सोचकर कई बार अकेले में फफक पड़ता था।

वह उसे कभी भुला नहीं पाएगा।

लम्बे समय के बाद आखिरकर स्नेहा की हालत बेहतर हुई है। डॉक्टर्स भी उसकी रिपोर्ट्स से काफी खुश हैं। वह हंसती है और टीवी देखती है। हर रोज वॉक पर जाती है। कभी-कभी अब हर्ष को भी याद करने लगी है हालांकि उसे अहसास हैकि उनका रिश्ता बहुत पहले खत्म हो चुका है।

एक दिन उसने हर्ष को फोन किया था। बात करने पर स्नेहा को महसूस हुआ कि हर्ष अपनी पत्नी के साथ खुश है। अब तो उसकी एक बेटी भी है। स्नेहा का फोन सुनकर उसका गला रुंध गया और वह ज्यादा कुछ बोल नहीं पाया। उसे समझ नहीं आया कि वह कैसे और क्या बात करे। हां मगर फोन रखने के बाद आंखों में नमी लिए वह मुस्कुरा दिया था। उसे इस बात की खुशी है कि स्नेहा अब दलदल से बाहर आ गई है। हालांकि हर्ष के लिए अपने आपको कभी माफ करना नामुमकिन ही रहेगा।

स्नेहा को अहसास हो गया था कि परिस्थितियों ने उसके वैवाहिक जीवन को निगल लिया। वह चाहकर भी हर्ष को अपने साथ जोड़कर नहीं रख पाई। अपनी शादी को उसने हमेशा जीवन भर का नाता समझकर निभाने की कोशिश की लेकिन हर्ष शायद अपने आपको ही पति के तौर पर स्वीकार नहीं कर पाए था। उसके जीवन में खुशी की परिभाषा शायद अलग थी।

स्नेहा हर्ष को आगे बढ़ता हुआ देखकर मन ही मन खुश हुई। वह एक भयानक चक्रव्यूह से बाहर आई है। पांच सालों ने उसके जीवन का ख़ाका पलट दिया था।

एक शाम उसे अपनी और हर्ष की शादी का दिन बहुत याद आया। उसका दुल्हन बनना। हर्ष के घर की दीवारों पर टंगे पोस्टर साइज के फोटोग्राफ्स। कोर्टशिप के दौरान क्लिक की गई ढेरों तस्वीरें।

खचाखच भरे स्टोर रूम में जाने कहां से उसने अपनी शादी का अलबम ढूंढ निकाला था। देखा तो एलबम को दीमक ने खा लिया था। तस्वीरें भुरभुराकर हाथ में आ गईं।

तारो

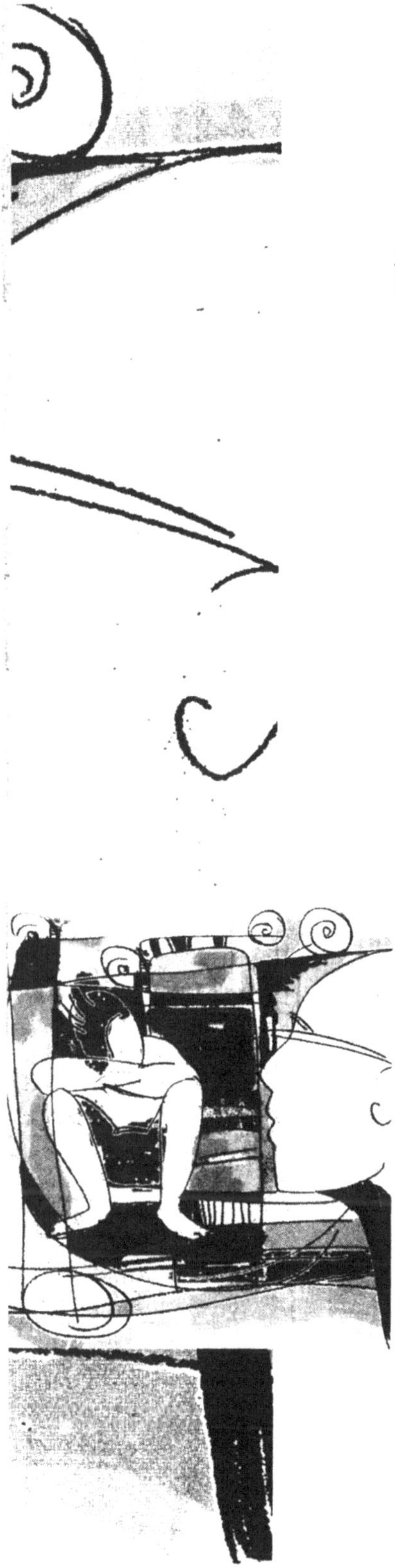

गोबर से सने हाथ और हल्दी रंग के सूट में उपलों के ढेर के बीच बैठी तारो, जल्दी-जल्दी चूल्हे के लिए नये उपले बना रही है। दो भैंसें पास ही खूंटे से बंधी हैं। इसके बाद इनका दूध दोहना है। घर के साथ खाली पड़ी ज़मीन में तारो के भाई भैंसें बांध दिया करते। उन्हें नहलाना, चारा डालना और दूध दोहना तारो की ज़िम्मेदारी है। सुबह चार बजे उठकर वह भैंसों का दूध दोहती और उसके भाई जोत्तो और मावी साइकिल पर दूध डालने जाते। दूध डालने के लिए एक मोटरसाइकिल लेने की बात घर में चल रही है। जोत्तो और मावी ने अभी-अभी नया ट्रैक्टर निकलवाया है, इसलिए पैसों से हाथ ज़रा तंग है। खेतों में ज़मीन ज़्यादा हैं इसलिए ट्रैक्टर का होना ज़रूरी है। भाप्पा जी ने अब ज़मीन और दूध की ज़िम्मेदारी अपने बेटों पर डाल दी है। तारो कभी बेबे के साथ चूल्हे पर बैठ जाती और कभी भाइयों का हाथ बंटाती। उसे तंदूर लगाने से ज़्यादा खेतों में काम करना पसंद था।

जस्सी ने अभी अभी बी.ए. की पढ़ाई पूरी की है। जस्सी को भी जोत्तो, मावी और पिंड के और गबरुओं की तरह

घर की ज़मीन ही संभालनी है। मुट्ठी भर ही हैं जो आगे की पढ़ाई के लिए चंडीगढ़, संगरूर, पटियाला या लौंगोवाल जांएगे। बाकी सभी ने घर की ज़मीनें ही देखनी है। जस्सी का घर इनके घर से कुछ कदम दूर था। उसकी दो बहनें थी जिनकी शादी वे कर चुके थे। अब बारी जस्सी की थी पर उसे कोई लड़की भा नहीं रही। असल में जस्सी की नियत तारो पर अटकी हुई थी, जिसका पता सभी को है। पर क्योंकि तारो जात से तरखान है इसलिए जस्सी के घरवाले मानेंगे नहीं। इस बारे में जस्सी और मावी की आपस में बात भी हो चुकी है। तारो को यह पता है लेकिन वह जस्सी के लिए अपने प्यार को छुपा नहीं पाती। घर पर जब भी बहस होती तो तारो जस्सी की तारीफें करती है। उसने बीए पास करने के बाद, अपने भाप्पा जी के खेत कितने आराम से संभाल लिए हैं। मावी तारो का साथ देता है। जोत्तों को इस बात से चिढ़ है। उसका कहना है कि जस्सी के भाप्पा जी ने हमें कम जात का बोलकर हमारा अपमान किया है। तारों के भाप्पा जी हमेशा इस बात को जोत्तो और मावी पर छोड़ दिया करते हैं। तारो और मावी का कहना है कि जस्सी के परिवार ने हमें कम जात का नहीं कहा बल्कि सिर्फ जाति का फर्क बताया है।

इन परिवारों के पूर्वज लहरागागा में ही रहे इसलिए इनकी जड़े पिंड में बहुत गहरी हैं। कई सौ सालों से इस जमीन पर राबी और खरीफ की खेती की जा रही है। तारों का परिवार अब भी उसके परदादा जी के बनाए मकान में रहता है। बीच में से सिर्फ दो बार घर की छतों की मुरम्मत करवाई गई है। घर में दो चूल्हे हैं। एक सिंगल गैस चूल्हा भी खरीदा पर उस पर बनाया खाना किसी को पसंद नहीं आया। खासकर तारों के भाप्पा जी को। इसलिए तारों की बेबे चूल्हे पर खाना बनाती है। घर के आंगन में एक तंदूर भी है, जिस पर आए एतवार परांठे पकाए जाते हैं। पिंड में सिर्फ दो चार घर ही ऐसे हैं जिनकी रसोई में कुआं बना है। उनमें एक घर इनका भी है। तारो को न तो पानी भरने पिंड के कुएं पर जाना पडता है न ही सांझे तंदूर की जरूरत है। बल्कि आस पड़ोस वाले सवेरे-सवेरे उनकी रसोई में पानी भरने आते हैं। कभी कभार उनके तंदूर पर रोटियां सेंकने भी आ जाया करते हैं। खेती और दूध से कमाई ठीक ठाक है। तारो की बेबे उसके लिए दहेज जोड़े बैठी है। उसको 22वां साल चढ़ा है और अब घरवाले जल्दी उसकी शादी कर देना चाहते हैं।

उस दिन जब तारो खेत में काम करने गई तो जस्सी पास से गुज़रा। वह

रस्ता बदलकर तारो के खेत की तरफ से निकला था।

'ऐ तारो। की हाल आ। मावी मिलएआ सी हुणे।' उसने ज़ोर से चिल्लाकर कहा।

'जस्सी, तू ऐथे किवें। भाग जा, जोत्तो तुझे मार डालेगा नईं तो।' उसने जस्सी को डराते हुए कहा।

'मैं नहीं छोड़ना तेरा पीच्छा। जोत्तो को तो मैं और मावी मिलकर मार देंगे। तेरे को जट्टी बणाउंगा। देख लेना।' चिढ़ाते हुए जस्सी ने कहा।

जस्सी साइकिल रोक के खेत की पगडंडी पर खड़ा बोल रहा था।

'जट्ट बणाने का तो पता नहीं। पर जोत्तो तेरे को घुमा के रक्ख देगा। जा भाग जा।' तारो ने दूर से ही चिल्ला-चिल्लाकर जस्सी को डराया।

'ऐ तारो। चल्ल भाग चलें।'

जस्सी ने कहा तो तारो को शरम आ गई और उसने चुन्नी सिर पर कर ली।

जस्सी साइकिल चलाकर दूर पगडंडियों पर निकल गया। तारो उसे दूर तक जाते देखती रही।

जोत्तो नहीं मानेगा। इस बात का तारो और जस्सी को भी पता था।

शाम को तारो गोबर और भैंसों का काम खत्म करके घर लौट आई। उसने जोत्तो और मावी से ट्रैक्टर सीखने की ज़िद्द पकड रखी है। रात को बेबे ने मांह साबुत और रोटियां सेंक कर सबको खिलाई। साथ में प्याज और तुक्के का अचार। तारो पहले भाप्पा जी, जोत्तो और मावी को खाना खिलाती। बाद में अपनी बेबे के साथ बरामदे में बैठकर रोटी खाती।

गर्मियों के दिनों में हमेशा की तरह बाहर वरामदे में बिस्तर लग जाते। खुली हवा में नींद अच्छी आती और दिन चढ़ते ही नींद खुल भी जल्दी जाती। घर की ड्योढ़ी में रखा पीला चारा खराब होने से वचा रहता।

सवेरे की चाय पीते समय जोत्तो ने तारो और अपनी बेबे को बताया कि उसकी बुआ के पोते का मुंडन है इसलिए उन्हें एक दिन के लिए संगरूर जाना पड़ेगा। जबकि तारो और मावी घर ही रहेंगें। कोईघेर पर भी तो चाहिए न। जोत्तो, भाप्पा जी और बेबे सोमवार को जाकर मंगलवार लौट आएंगे। देने लेने का सामान साथ लेकर वे तीनों ट्रैक्टर पर रवाना होंगें।

खेतों में पानी सींचने के बाद तारो मोटर पर हाथ पैर धो रही थी कि किसी

के आने की आहट हुई।

'ओए, तू की करदां पैंआं ए ऐथे। जोत्तो आने वाला है, भाग जा। ' हमेशा की तरह तारो ने जस्सी को डराया।

'भाप्पा जी, जोत्तो और बेबे संगरूर जा रहे हैं।' तारो ने उसे बताया।

'तू नई जाणा?'

'नई। मैं और मावी यहीं हैं।' तारो ने जवाब दिया।

'तेरा परांदा बड़ा सुंदर है तारो। क्या बात लाल रंग का परांदा डाला है। कित्थे जाणा ए तैने?' मौका पाकर उसने फिर से तारो को छेड़ दिया।

'क्यों बाल भी अब क्या तेरे को पूछ कर बांधा करूं? तेने क्यों पीली पग्ग बांधी है? चल्ल जा, चला जा। '

तारो ने पानी मुंह पर छिड़कते हुए कहा।

'मैं तो जा रहा हूं। पर देख लेना, इक्क दिन मैं तुझे उठाकर ले जाना है। हा-हा-हा।' छड़ी कंधों पर टिकाए जस्सी खेतों की ओर चला गया।

'चल जा, मर जाना।' तारो ने प्यार से फटकार दिया।

सोमवार को भाप्पा जी, बेबे और जोत्तो संगरूर को रवाना हो गए। मावी और तारो ने दोपहर का खाना खाया और सुस्ताने के लिए अपनी-अपनी खाट पर लेट गए।

तारो की आंख लग गई और मावी उठकर खेत चला गया। अचानक ड्योढ़ी के बाहर कुछ आवाज़ हुई। तारो की नींद खुल गई।

'कौन है? कौन है वहां?' अपने भाप्पा जी की लट्ठ लेकर तारो घर के पीछे वाले कच्चे बरामदे में पहुंच गई।

'हाए। जस्सी तू? तू दीवार फांदकर आ गया? मैं मर जावां। अगर किसी ने देख लिया तो पता है न क्या होगा?' डर से तारो का चेहरा लाल हो गया।

'मैने तुझे कहा था न कि मैं तुझे उठाकर ले जाऊंगा।' कहते हुए जस्सी ने तारो को गले से लगाने की कोशिश की।

'छोड़ मुझे जस्सी। मावी आता ही होगा।' तारो ने अपने आपको छुड़वाते हुए कहा।

'न। मैं नहीं जाने वाला। पहले तू मुझे बता, तू मेरे को कितना प्यार करती है।'

'भाप्पा जी मुझे मार डालेंगे। चला जा जस्सी। जोत्तो तेरे को उठवा लेगा।'

तारो डर गई थी।

अभी जस्सी ने तारो को छोड़ा नहीं था कि लोहे वाला दरवाज़ा खुलने की आवाज़ आई।

'मावी आ गया। छोड़ दे मुझे, भाग जा जस्सी।' तारो ने उसे धक्का देते हुए कहा।

जस्सी ने तारो को छोड़ तो दिया पर वापिस दीवार कूदने में देर कर गया। मावी तारो को आवाज़ें देता पिछले बरामदे में आया। तारो मावी से लिपट गई। पर मावी ने जस्सी को दीवार फांदते हुए साफ़ देख लिया।

'तारो, यह क्या हो रहा है यहां?' मावी ने तारो को दूर झटकते हुए कहा।

'पता नहीं वीर, जस्सी आया सी।' तारो को सच बोलना पड़ा।

'उसकी इतनी हिम्मत वो दीवार फांदकर आ गया?' मावी ने कहा तो तारो बोली, 'मावी, मेरे वीर तू जोत्तो को मत बताना।'

'नई तारो। जोत्तो को तो बताना पड़ेगा।' मावी ने बात को छुपाने से इनकार कर दिया।

मावी गुस्से में घर से चला गया। तारो घंटों रोती रही। जस्सी पकड़े जाने के डर से खेतों की ओर निकल गया।

अगले दिन जोत्तो, भाप्पा जी और बेबे के आने पर मावी ने उन्हें बता दिया।

सारी बात सुनने के बाद जोत्तो का खून उबाल खा गया। उसने बिना कुछ कहे, चुपचाप रात काटी।

मावी और जोत्तो ने तारो को खेतों में जाने से मना कर दिया। आज से वो बस उपले बनाएगी और दूध दुहेगी, घर पर रहेगी।

करीब पांच छह दिन ऐसे ही बीत गए। जोत्तो ने घर पर किसी से कोई बात नहीं की। तारो की जान सूख रही थी और मावी इस मामले में जोत्तो के साथ था।

करीब एक हफ्ते बाद जस्सी के पिता जी ने दस्तक दी।

'मावी, जोत्तो। बाहर तो आना ज़रा, जल्दी।'

'क्या हुआ जी।' तारो के भाप्पा जी ने दरवाज़े पर आकर देखा तो जस्सी के पिता के साथ आस-पडोस के के 8 - 10 लोग और थे।

'मावी के बापू, मेरा बेटा जस्सी दो दिन से घर नहीं आया। जरा जोत्तो

और मावी से पूछो अगर उन्होंने देखा हो या कहीं कोई बातचीत हुई हो।' वह बहुत घबराए हुए थे।

'क्यों वई जवानों। जस्सी को देखा है तुम लोगों ने ?' उन्होंने अपने बेटों को सभी के सामने पूछा।

पूछने पर मावी और जोत्तो ने 'नहीं' में सिर हिला दिया।

'ये देखो जी, मैं पुलिस में भी रिपोर्ट करवाकर आया हूं।'

थोड़ी देर बोलने के बाद जस्सी के पिता वहां से लौट गए।

सुनते ही तारो का माथा ठनक गया पर वो मुंह नीचे किए अपनी बेबे के पास बैठी रही।

चार दिन बीत जाने पर शनिवार की शाम घर के दरवाज़े पर दस्तक हुई, देखा तो बाहर पुलिस वाले खड़े थे।

'आप में जोत्तो कौन है?' पुलिसवालों में से एक ने पूछा।

'जी मेरा बेटा है? क्यों?' भाप्पा जी ने जवाब दिया।

'उसको चलना पड़ेगा जी हमारे साथ।' पुलिस ने बताया तो वे घबरा गए।

'क्यों? क्या बात है जी?' जोत्तो के भाप्पा जी ने पूछा।

'नदी के पास जस्सी की लाश मिली है और उसके पिता को आपके जोत्तो पर शक है।' यह सुनते ही सभी के हाथ पैर फूल गए।

जोत्तो एक हफ्ते तक भी लौटा नहीं। बेबे रो-रो कर अधमरी हो चली थी। उधर, जस्सी के घर भी रोना-पीटना चल रहा था तारो कभी ड्योढ़ी में जाकर सिर पीटती, कभी मवेशी बांधने वाली कोठरी में जाकर रोती। मावी घर पर ही पड़ा रहा। भाप्पा जी गांव के बुजुर्गों के साथ संगरूर में अफसरों के यहां सिफारिश के लिए मारे-मारे फिर रहे थे। पर कत्ल का मामला होने की वजह से कहीं से कोई मदद नहीं मिली।

दो दिन बाद मावी ने घर आकर बताया कि जोत्तो ने जुर्म कबूल लिया है। उसने जस्सी को गंडासे से मारकर खेतों की तरफ से बहने वाली छोटी नदी में फेंक दिया था लेकिन पानी कम होने की वजह से लाश बह नहीं पाई। जिस समय जोत्तो ने जस्सी को पकड़ा, उस समय वह साइकिल पर खेतों से लौटने की तैयारी कर रहा था। अंधेरा होने के कारण किसी को पता न चला। जोत्तो उसकी लाश को नदी तक घसीटते हुए ले गया था।

ता.. यह सुनकर पागल सी हो गई। जोत्तों तो अब शायद ही घर लौटे।

तारो की बेबे को यह सुनकर चक्कर आ गया और वे गिर पड़ी।

अगले दिन सवेरे चार बजे पशु संभालने के बहाने तारो घर से निकली। और शाम तक घर नहीं लौटी। उसकी बेबे ने सारा गांव सिर पर उठा लिया।

दो दिन बाद तारो की सड़ी हुई लाश जस्सी के खेतों से मिली।

उसने अपनी नस काट ली थी।

तब से, गांव वाले शाम ढलने के बाद जस्सी के खेतों की तरफ आने-जाने से टलते हैं।

इसके कई महीनों बाद, बीरां कुम्हार ने, खेतों में पीले तुरले वाले जस्सी को साइकिल पर जाते देखा। साइकिल के पीछे हल्दी रंग का सूट पहने तारो बैठी थी।

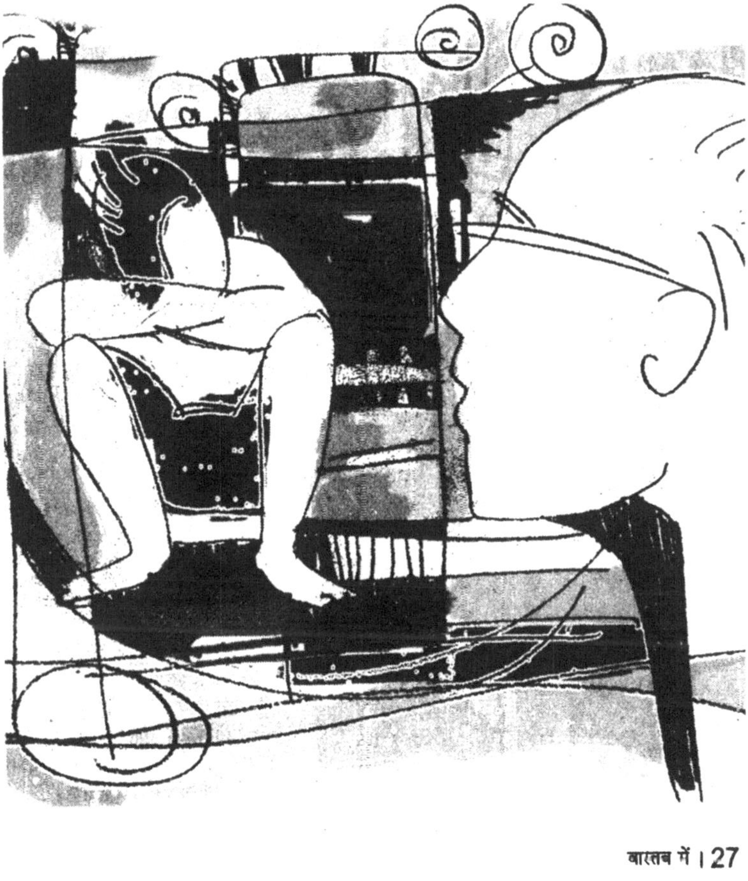

वाएआ मॉस्को

सफेद रोशनी से धुला कमरा ! जो सुंदर तो है लेकिन अपने घर के कमरों की तरह 'अपना' नहीं है। शाम का समय। अकेलेपन का ऐलान करता हुआ सन्नाटा।

सर्दी भी है।

परदेस में तो दिन, रात, समय और मौसम भी बेगाना लगता है। 11 साल की संपदा कमरे में डबल बैड पर बैठी है। नीली ड्रैस, काले जूते, गले में टाई। आंखों से गालों तक ढलकती आंसुओं की धारा, जो शर्ट के कालर तक आकर रुक गई थी। अपने देश से हजार मील दूर, ये कहां आ गई है वह। न तो भाषा समझ में आती है, न ही रास्तों का पता। बटुए में ज्यादा पैसे भी नहीं हैं। जो 20 डॉलर हैं, उनकी करंसी चेंज करवाकर आने वाले एक महीने के लिए बचाकर रखना है। पासपोर्ट का पता नहीं। सामान यात्रा में आगे निकल गया है। न मोबाइल है, न पेजर। मास्को का दोमोदीदोवो एयरपोर्ट उलटा और कभी सीधा होकर उसकी आंखों के सामने घूम रहा है। बार-बार एयरपोर्ट पर गोल-गोल चक्कर काटने की वजह से सिर दर्द हो रहा है। मॉस्को एयरपोर्ट के पास बने एक होटल के इस कमरे में कितनी अकेली है वह। पर्स में

रखे 20 डॉलर्स को वह बार-बार देख रही है। मानो बार-बार देखने से वे डबल हो जाएंगे।

भारत की राजधानी दिल्ली से बुल्गारिया की राजधानी सोफिया के लिए निकली संपदा फ्लाइट चेंज करते समय अपनी टीम से बिछुड़ गई है। भूख लगी है, इसलिए सामने रखा डिनर खाना ही पड़ेगा। थोड़ा खाने के बाद डरते-डरते उसने कमरे का दरवाज़ा खोला। सामने था पीली रोशनी और लाल कारपेट से चकाचक चमकता हुआ एक सूना कॉरीडोर। दूर तक कमरों के बंद दरवाज़े। थोड़ी देर तक अपने कमरे के दरवाजे पर खड़े रहने के बाद उसे सामने से एक बुजुर्ग कपल अपनी ओर आता दिखाई दिया। असल में वे संपदा के पास ही के एक कमरे में रुके थे। दरवाज़ा खोलने से पहले बुजुर्ग महिला और उसका पति संपदा की ओर देखकर मुस्कुरा दिए। अनजान देश में ऐसी जानी-पहचानी मुस्कुराहट देखकर उसे थोड़ी हैरानी हुई।

'जद्रास्वो' (हैलो) महिला ने उसकी ओर हाथ बढ़ाते हुए कहा। वह रूसी भाषा बोल रही थी।

'जद्रास्वो, काक डीला?' (कैसी हो?)

संपदा के चेहरे पर थोड़ी मुस्कुराहट आई। उसने हाथ मिलाया। लेकिन बोलने से पहले ही गला रुंध गया। उसे मम्मी-पापा की याद आई।

'आई हैव मिस्ड माई फ्लाइट' (मेरी फ्लाइट छूट गई है) उसने उन दोनों की ओर देखते हुए कहा।

'वी आर मिसेज एंड मिस्टर वैन्यामिन। गुड टू मीट यू। वॉट्स यूर नेम चाइल्ड?' (हम मिसेज और मिस्टर वैन्यामिन हैं। तुमसे मिलकर अच्छा लगा। तुम्हारा नाम क्या है बच्चो?)

'संपदा'

मिस्टर वैन्यामिन ने इस हिंदी नाम को दोहराने की कोशिश की। उन दोनों ने उसे अपने साथ चाय पीने का निमंत्रण दिया। सर्दी से संपदा के हाथ लाल हो गए हैं। मिसेज़ वैन्यामिन ने संपदा को गले से लगाया और अपने बैग से निकाल कर लाल रंग का एक जैकेट ड्रैस के ऊपर पहना दिया। यह कोट संपदा के साइज़ से काफ़ी बडा था। लेकिन इसे पहनकर उसे अच्छा लगा। मिसेज वैन्यामिन का बेटा डेनिस लंदन में काम करता है और वे दोनों उससे मिलने के लिए जा रहे हैं। कल दोपहर उनकी फ्लाइट है।

संपदा को कमरे में अकेले रात गुज़ारने के ख़्याल से बहुत डर लग रहा है। मिसेज वैन्यामिन ने अपने पति से कुछ देर बात की और फिर संपद से पूछा कि अगर वे उसके कमरे में आकर रहें तो क्या उसे थोड़ी राहत मिलेगी? हालांकि पापा-मम्मी ने अनजान लोगों से बात नहीं करने की हिदायत बचपन से ही दी है। लेकिन इस स्थिति में उसे पल-पल भारी था इसलिए उसने मिसेज वैन्यामिन से कहा कि वे उसके साथ रह सकती हैं। मिसेज वैन्यासिन अपने पति को 'गुडनाइट' बोलकर अपने कमरे से निकलीं और संपदा के साथ उसके कमरे में आ गईं।

मसेज वैन्यामिन ने उसके आंसू पोंछे और पूछा कि वह अपनी टीम से कैसे बिछुड़ गई?

यह नब्बे का दशक था। बुल्गारिया में होने जा रहे इंटरनेशनल चिल्ड्रन्स कैम्प में भाग लेने के लिए दूर-दूर देशों से बच्चे पहुंच रहे हैं। इन सभी को पहले सोफिया पहुंचना है। विटोशा पर्वतों के पास पश्चिमी बुल्गारिया में स्थित शहर सोफिया, बुल्गारिया की राजधानी है। सोफिया पहुंचने के बाद यह सभी 'वारना' की ओर रवाना होंगे, जहां 30 दिन का चिल्ड्रन्स कैम्प सम्पन्न होना है। 'वारना' बुल्गारियन ब्लैक सी के किनारे स्थित एक बड़ा शहर है।

इसी सिलसिले में भारत से पांच बच्चों या कहें कि किशोरों का एक ग्रुप दिल्ली से सोफिया की यात्रा पर निकलने की तैयारी में था। इन प्रतिभागियों का चयन उनकी प्रतिभा और सांस्कृतिक क्षेत्र में उनके योगदान को देखते हुए किया गया है। देश के विभिन्न भागों से प्रतिभागियों का चयन हुआ है। बाला तमिलनाडु से, देवकी आंध्र प्रदेश, ब्रजेश दिल्ली, संपदा चंडीगढ़ और नीलांजना कोलकाता से। सभी की उम्र 11 से 17 साल के बीच। सबसे छोटी संपदा है। विडम्बना थी कि एक ही देश के होने के बावजूद यह प्रतिभागी आपस में बात करने में दिक्कत महसूस कर रहे थे। हालांकि अंग्रेजी के जरिए एक-दूसरे को अपनी बात समझा पा रहे थे।

ये सभी दिल्ली के इंदिरा गांधी इंटरनेशनल एयरपोर्ट पर एक-दूसरे से पहली बार मिले थे। अपने परिजनों के साथ एयरपोर्ट पहुंचे, फ्लाइट के समय से काफ़ी पहले। इन्हें पहले इसलिए बुलाया गया है ताकि वे सब आपस में बात करके एक ग्रुप बन सकें। यात्रा लम्बी है। अलग अलग देशों से आए प्रतिभागियों के बीच कैम्प में भारत से आए इन किशोरों को पूरा एक महीना एक साथ व्यतीत

करना है। एयरपोर्ट पर 'यंग पाइनियर्स ऑफ इंडिया' के अधिकारियों ने इनका एक-दूसरे से परिचय करवाया। ब्रजेश और नीलांजना की उम्र 17 वर्ष थी इसलिए अधिकारियों ने ग्रुप की ज़िम्मेदारी इन्हें सौंपी। पासपोर्ट गुम न जाएं इसलिए ब्रजेश सभी के पासपोर्ट अपने कोट की भीतर वाली जेब में रखेगा और अपने ग्रुप के हर मैम्बर का ख़्याल रखेगा। इन सभी की यह पहली हवाई यात्रा थी। बड़ी बात यह थी कि इन्हें बिना किसी अधिकारी या परिजन के दिल्ली से सोफिया पहुंचना था। सभी अपनी नीले रंग की ऑफिशियल ड्रेस में तैयार थे। आते-जाते लोग इस ग्रुप को बड़े ग़ौर से देखते हुए गुज़र रहे थे।

चेहरे घबराहट से सुर्ख लाल हो रहे थे। संपदा थोड़ी डरी हुई थी। एक हफ्ता पहले तक बुल्गारिया यात्रा के नाम पर उसके पांव ज़मीन पर नहीं पड़ रहे थे। लेकिन इंटरनेशनल एयरपोर्ट के टर्मिनल से प्रवेश करते हुए उसे अहसास हुआ कि मम्मी-पापा साथ नहीं जा रहे। अपने इस बड़े अटैएची, बैग और गले में लटक रहे पर्स को उसे खुद ही संभालना था। मम्मी ने खाने-पीने का खूब सामान पैक करके दिया। एयरपोर्ट पर लगातार हो रही अनाउंसमेंट्स, बैग लिए इधर से उधर भागते लोग, एक दूसरे को बॉय-बॉय करते हाथ, सिक्योरिटी, अनजान साथी ग्रुप मैम्बर्स, अफ़सरों और अधिकारियों के निर्देश, यह सभी चीज़ें इशारा कर रही थीं कि उसे एक बहुत ही अद्‌भुत अनुभव के लिए तैयार हो जाना चाहिए।

किशोरों के इस भारतीय दल ने 'बलकन एयरलाईस' की देर रात की फ़्लाइट नंबर 'ई 7' से यात्रा करनी है। दिल्ली से सोफिया के बीच दो मुख्य स्टॉपेज हैं। ताशकंद और मास्को। मास्को के दोमोदीदोवो एयरपोर्ट पर इस ग्रुप ने फ्लाइट बदलनी है और एक अन्य जहाज़ पर बोर्ड करना है। समझाया जा रहा था कि अगली फ्लाइट पकड़ने के लिए किन औपचारिकताओं को पूरा करना होगा। मास्को एयरपोर्ट पर 8 घंटे का इंतज़ार था। जैसा कि निर्देश थे, प्रतिभागी 20 डॉलर से ज्यादा करंसी साथ नहीं ले जा सकते। उस समय 20 डॉलर का मतलब था क़रीब 140 लेव्स। लेव्स बुल्गारियन करंसी है। संपदा के पर्स में 20 डॉलर थे। ईमानदार होने के नुकसान भी होते हैं। शेष चारों प्रतिभागियों ने 50 से 100 डॉलर साथ में रखे। इस बात का पता बाद में चला।

फ्लाइट का समय क़रीब आ रहा था। एयरपोर्ट पर बलकन एयरलाइन्स की फ़्लाइट नंबर 'ई 7' की अनांउसमेंट हुई तो ग्रुप में अफ़रा-तफ़री सी मच गई।

अधिकारियों ने प्रतिभागियों को अपना सामान लेकर बार्डर लाइन के उस तरफ जाने के लिए कहा। इतना कहना ही था कि संपदा की आंखों से आंसू बहने लगे। असल में उसके होश उड़ गए थे। उसके पापा-मम्मी खुश थे कि उनकी बेटी इतनी कम उम्र में विदेश यात्रा का अनोखा अनुभव लेने जा रही है। संपदा की मम्मी ने उसके आंसू पोंछे और उसका हाथ नीलांजना के हाथों में देते हुए कहा, 'बेटा, संपदा का ख्याल रखना। छोटी बहन समझना। ईश्वर तुम सभी को बहुत सारी खुशियां दे।' नीलांजना ने झुककर संपदा को गले से लगा लिया और कहा' अरे, मैं हूं न तुम्हारे साथ। तुम्हारा अटैची और बैग हम संभालेंगे। तुम मेरा हाथ पकड़ो। चलो हम एक बहुत ही अनोखी यात्रा पर जा रहे हैं। बहुत मज़ा आएगा?

बड़ी मुश्किल से वह नीलांजना का हाथ पकड़कर आगे बढ़ी। उसने कई-कई बार मुड़कर अपने पापा-मम्मी को देखा। उसे नज़रों से ओझल होता देखकर उसके पापा की आंखें भीग गई थी। मम्मी देख नहीं पाई और पीछे एयरपोर्ट के दरवाज़े की ओर मुड़ गई। अधिकारियों ने परिजनों को यक़ीन दिलाया कि वे अपने बच्चों की चिंता नहीं करें। विभिन्न देशों के ग्रुप वहां पहुंचे होंगे। सरकारी अधिकारी और कैम्प के आयोजक उन्हें संभाल लेंगे। भारतीय अधिकारी लगातार आयोजकों से संपर्क में थे।

प्रतिभागियों को सिक्योरिटी चैक से गुज़रना था। सभी पेपर्स और सामान की चैकिंग हुई। संपदा नीलांजना के साथ चलती रही, क्योंकि वह भारी सामान नहीं उठा पाएगी इसलिए उसका अटैची और बैग अन्य साथियों ने आपस में बांट लिए थे। सामान को जमा करवाने के बाद सभी गेट की तरफ बढ़ गए। फ्लाइट बोर्ड की गई। प्लेन में प्रवेश करते समय उसे अहसास हो गया था अपने साथ उड़ाते हुए यह प्लेन उसे बहुत दूर ले जाने वाला है। आंसू सूख गए थे और अब उसका ध्यान नई-नई चीज़ों की तरफ था जो एक के बाद एक उसके सामने आ रही थीं। एयरहोस्टेस ने उसे एक चॉकलेट दी।

रात क़रीब एक बजे जहाज़ ने उड़ान भरी। संपदा के पापा-मम्मी प्लेन को देखने के लिए एयरपोर्ट की पार्किंग के पास रुके रहे। आसमान की ओर देखकर 'बॉय-बॉय' करने के बाद वे अपने घर रवाना हो गए। ग्रुप मैम्बर्स की सीटें एक-दूसरे के पास ही थी। कुछ देर बाद ज्यादातर यात्री अपनी सीट की लाइट ऑफ करके सो गए।

प्लेन का पहला स्टॉपेज ताशकंद में था। लगातार सीट्स पर बैठे रहने की वजह से काफ़ी थकावट हो रही थी। आधे से ज्यादा यात्री उतरे और चले गए। कुछ नए यात्री आए। ब्रजेश अपने सभी टीम मैम्बर्स का ख़्याल रख रहा था। प्लेन ने दोबारा उड़ान भरी। अगला स्टॉपेज मास्को एयरपोर्ट है। अभी मास्को से सोफिया की यात्रा तय करनी शेष है। फ्लाइट चेंज करना किसी चैलेंज से कम नहीं था।

और वे मास्को के दोमोदीदोवो हवाई अड्डे पर पहुंच गए थे। अपना सामान कलैक्ट करके एक-दूसरे के साथ सटकर चलता हुआ यह ग्रुप वेटिंग एरिया में पहुंचा। कैम्प के बारे में सोच कर वे काफी रोमांचित थे। थोड़ी देर बाद सभी ने एयरपोर्ट की दुकानों में घूमने का मन बनाया। संपदा थक गई थी और इन दुकानों में घूमने का उसका मन नहीं था। इसके साथ ही उसे यह भी याद रहा कि उसके पास केवल 20 डॉलर हैं। यहीं आकर जब उसे पता चला कि सभी साथी अधिक पैसे लेकर आए हैं तो उसकी आंखें भर आईं और वह काफी उदास भी हो गई। उसे बुल्गारिया से अपनी छोटी बहनों के लिए खिलौने खरीदने थे। बस यही उसका सपना था। सभी ने संपदा की मम्मी के हाथ के बने बेसन के लड्डू खाए। सामान कांउटर पर जमा करवा दिया गया।

तेज़ भूख लगी थी। एयरपोर्ट के पहले फ्लोर पर एक फूड कोर्ट है। एक नॉन वेजीटेरियन रेस्तरां में खाना खाने का मन बनाया गया। संपदा वेजीटेरियन है। यह एक समस्या थी, क्योंकि ग्रुप के सभी मैम्बर्स नॉन वेजीटेरियन खाना चाहते थे। नीलांजना और ब्रजेश ने तय किया कि संपदा को पास के एक वेजीटेरियन रेस्टोरेंट में बैठा दिया जाए। बाद में उसे लेकर वापिस वेटिंग एरिया में पहुंच जाएंगे। वे खाना आर्डर करके उसे एक अन्य रेस्तरां में छोड़ आए। खाना खाने के कुछ देर बाद संपदा को ख़्याल आया कि उसे खुद ही अपने टीम मैम्बर्स के पास पहुंच जाना चाहिए। रेस्तरां से बाहर आकर देखा तो फूड कोर्ट में कई तरह के ओपन रेस्तरां थे। उसने दूर तक नज़र दौड़ाई लेकिन उसे टीम का कोई मैम्बर नज़र नहीं आया।

वापस मुड़ी तो देखा काफी आगे आ गई है। सोचा जाकर उसी रेस्तरां में अपनी सीट पर बैठ जाए लेकिन इधर-उधर खोजने पर भी उस रेस्तरां तक नहीं पहुंच पाई। ऐसा लग रहा था मानो वह रेस्तरां एयरपोर्ट से ग़ायब हो गया हो। कुछ देर भटकने के बाद वह रो पड़ी। फ्लाइट बोर्ड करने में अब एक घंटे से भी

कम समय रह गया था। उसे समझ आ गया था कि वह भटक गई है। उसे रोता हुआ देखकर एक रूसी महिला वहां रुकी। संपदा ने उसे बताया कि वह एक वेजीटेरियन रेस्तरां में खाना खा रही थी और वापस वहीं पहुंचना चाहती है। उस रूसी महिला ने संपदा को वापस उस रेस्तरां में पहुंचा दिया

उसे पहुंचने में देर हो चुकी थी। नीलांजना और ब्रजेश उसे खोजने के बाद वहां से जा चुके थे। परेशानी में शायद काफी भटके भी होंगे। फ्लाइट का टाइम हो चला था। एयरपोर्ट पर बार-बार संपदा का नाम अनांउस किया गया लेकिन भाषा और बोलने के लहजे का होने के कारण वह समझ नहीं पाई और न ही उसे यह पता था कि उसे किस ओर जाना है। लगभग एक घंटा बीत जाने के बाद संपदा को अहसास हुआ कि उसके साथी जा चुके हैं और वह एयरपोर्ट पर अकेली रह गई है। चारों तरफ अनजान चेहरे। अनजान भाषा बोलने वाले लोग। थोड़ी देर तक डर से सुबकते रहने के बाद उसे दिल्ली एयरपोर्ट पर कही अधिकारियों की बात याद आई। वह एक्सीलेटर से ग्रांउड फ्लोर तक पहुंची। सामने सिक्योरिटी को देखकर उनके पास गई। रो-रोकर उसकी आंखें सूज गई थीं। थोड़ा पानी पीने के बाद उसने उन्हें समझाया कि वह भारतीय है और अपनी टीम से बिछुड़ गई है। उसे एक कैबिन में ले जाया गया जहां एक महिला कर्मचारी ने उससे अंग्रेजी में कुछ सवाल किए।

दोपहर के 3 बज रहे थे। रूसी अधिकारियों ने उसे समझाया कि वह फ्लाइट मिस कर चुकी है और उसके साथी सोफिया पहुंच गए हैं। ऐसे में उसे अगली फ्लाइट का इंतज़ार करना होगा जो कल रात मॉस्को से उड़ान भरेगी। ब्रजेश, नीलांजना, बाला और देविका उसे छोड़कर कैसे जा सकते हैं? शायद वह भी डर गए होंगे और कोई फैसला नहीं ले सके हों। संपदा को समझाया गया कि उसे रहने के लिए एक रूम दिया जाएगा जहां उसे केवल आज का दिन और कल रात तक रहना है। अकेले रहने के डर से संपदा की हालत काफी खराब हो गई थी। दो महिला रूसी अधिकारी उसे एयरपोर्ट के ठीक सामने स्थित एक होटल में लेकर गईं। संपदा को एक रूम अलॉट किया गया। उसे भीतर बैठाते हुए महिला अधिकारी ने उसे समझाया कि अगर कोई प्रॉब्लम हो तो वह कमरे में रखे फोन पर उन्हें सूचित कर सकती है। रात 7 बजे उसे खाना परोस दिया जाएगा। 'गुम' होने का अहसास उसे रुला रहा था। सच तो यह है कि अपने टीम मैम्बर्स से मिलने की उसे अब कोई उम्मीद नहीं थी। उरो तो यह भी नहीं

पता था कि वह इस जगह से बाहर आ पाएगी भी या नहीं।

सफेद रोशनी से धुला कमरा। जो सुंदर तो है लेकिन अपने घर के कमरों की तरह 'अपना' नहीं है। शाम का समय। अकेलेपन का ऐलान करता हुआ सन्नाटा। सर्दी भी है।

ऐसे में मिसेज वैन्यामिन उसके लिए किसी फरिश्ते से कम नहीं थीं। यह सब सुनने के बाद मिसेज वैन्यामिन की आंखों से आंसू बह गए। उन्होंने संपदा के हाथ पर हाथ रखते हुए कहा कि क्योंकि अब वह अकेली नहीं है इसलिए उसे थोड़ा आराम कर लेना चाहिए। मिसेज वैन्यामिन के चेहरे की गहरी झुर्रियां, संपदा को नानी दादी की याद दिला रही थीं।

सुबह करीब साढ़े 4 बजे कमरे की घंटी बजी तो मिसेज वैन्यामिन ने दरवाजा खोला। अधिकारियों ने बताया कि संपदा की फ्लाइट साढ़े 6 बजे छूटनी है इसलिए उसे एयरपोर्ट पहुंचना है। मिसेज वैन्यामिन ने संपदा को बड़े प्यार से जगाया। चाय पिलाई। थोड़ी ही देर में वह जाने के लिए तैयार थी। उन्होंने साथ के कमरे में सो रहे अपने पति को जगाया और कहा कि उन्हें संपदा के साथ एयरपोर्ट चलना चाहिए। थोड़ी ही देर में वे मॉस्को के दोमोदीदोवो एयरपोर्ट पहुंच गए थे। महिला अधिकारी संपदा को ले जाने के लिए आई तो उसने जैकेट उतार कर मिसेज वैन्यामिन को लौटाया।

'मिसेज वैन्यामिन, योर जैकेट। थैंक्यू वैरी मच।' (मिसेज वैन्यामिन, यह लीजिए आपका जैकेट, बहुत-बहुत धन्यवाद)

'कीप इट बेबी' (इसे अपने पास रखो बच्चे) मिसेज वैन्यामिन ने बडे प्यार से कहा। इसके साथ ही मिसेज वैन्यामिन ने संपदा से कहा कि वह भारत में अपने घर का पता उसे लिखकर दे। उन्होंने संपदा से वादा किया कि वह क्रिसमिस पर उसे एक ग्रीटिंग कार्ड भेजेंगी।

क्योंकि मिसेज वैन्यमिन का यह जैकेट संपदा को साइज से बहुत बड़ा था, शायद इसीलिए वह अपने आप को इसमें सुरक्षित महसूस कर रही थी। बिल्कुल मम्मी की जप्फी की तरह।

'बॉय-बॉय' संपदा ने हाथ हिलाया तो मिस्टर एंड मिसेज वैन्यामिन की आंखें डबडबा आईं और उन्होंने अधिकारियों से उसका ध्यान रखने की रिक्वेस्ट की।

थोड़ी देर बाद संपदा महिला अधिकारियों का हाथ थामें नज़रों से ओझल हो गई। वह तेज़ी से अपनी फ्लाइट की ओर बढ़ रही थी। अब उसके बाल मन में

बुल्गारिया पहुंचने का उत्साह था जहां वह अपनी टीम नीलांजना, ब्रजेश, बाला और देविका से मिलेगी।

सोफिया पहुंचकर वह अपनी बिछुड़ी टीम से मिली। नीलांजना ने उसे 'सॉरी' कहा और गले से लगा लिया। सारे कैम्प की वह सबसे छोटी प्रतिभागी थी। बुल्गारिया के वारना शहर में सम्पन्न हुए इस इंटरनेशनल कैम्प में संपदा दूर देशों से आए प्रतिभागियों से मिली। कैम्प से वापस अपने घर चंडीगढ़ लौटने पर उसे पता चला कि उसके नाम पर एक ख़त घर पर आया है, जो किसी 'मिसेज वैन्यामिन' ने लिखा है। वह हैरान हुई और बहुत खुश भी। उसे अचानक मिसेज वैन्यामिन की बहुत याद आई। अब वे कभी उनसे दोबारा नहीं मिल पाएगी। संपदा ने जवाब में मिसेज वैन्यामिन को ख़त लिखा।

हर साल क्रिसमिस पर मिसेज वैन्यामिन संपदा के नाम एक ग्रीटिंग कार्ड भेजती हैं। एक बार उन्होंने लिखा कि यह कार्ड तब तक संपदा के घर पर आता रहेगा जब तक वह जीवित हैं।

उस चिन्ड्रन्स कैम्प को सम्पन्न हुए दशक बीत चुके हैं।

छह साल से मिसेज वैन्यामिन का क्रिसमिस कार्ड नहीं आया।

वह समझ गई थी कि एक फ्लाइट मिस हो जाने के बाद मॉस्को में अद्‌भुत ढंग से उसे मिली मिसेज वैन्यामिन अब शायद नहीं हैं।

मिसेज वैन्यामिन का दिया लाल जैकेट अब भी संपदा ने संभाल कर रखा है।

माएं नी माएं

आज दिन बहुत जल्दी चढ़ गया है। इस रात के बीत जाने का मुझे बहुत दुख है। इस दिन का डर और इंतज़ार मैं छह महीने से कर रही थी। मुंबई हाई-कोर्ट में आज मेरा डाइवोर्स मैच्यौर होना है। रॉबिन और मेरी शादी दो साल पहले चंडीगढ़ में उसके घर पर हुई थी। हम दोनों पहले से ही मुंबई में नौकरी कर रहे थे। लव मैरीज होने के बावजूद हम एडजस्ट नहीं कर पाए और डाइवोर्स की बात फाइनल होने के बाद हमने एक ही वकील कर लिया था। एक-दूसरे के लिए हज़ारों शिकवे-शिकायतें होने के बाद हम दोस्तों की तरह अलग हो रहे थे।

सुबह तैयार होकर, ऑफिस में छुट्टी का एसएमएस करने के बाद नेहा के साथ कोर्ट जाने तक मैं सोचती रही कि क्या मुझे रॉबिन को आख़िरी बार 'बॉय' बोलना चाहिए या बिन बोले ही साइन करके वहां से लौट आऊं। पिछले छह महीनों में मैंने रॉबिन से दो बार फोन पर बात की थी। उसके और मेरे कुछ ज्वांइट बैंक अकाउंट्स के बारे में कुछ डिस्कशन था। कोर्ट में आमना-सामना होने पर बात करने का मन ही नहीं किया। हमने साइन के बाद वकील का थैंक्स किया और तब

रॉबिन ने अपने पुराने प्रोफेशनल स्टाइल में 'टेक केयर' कहते हुए मुझसे हाथ मिलाया। कोर्ट से फ्री होते ही मैंने पापा से फोन पर बात की।

नेहा ने मेरे साथ लंच के बाद मुझे घर ड्रॉप किया। उसने मेरे साथ रुकने की बात की, लेकिन मेरा मन अकेले ही रहने का था। घर आते ही एक कप चाय के साथ मैंने अपनी छोटी लकड़ी की अलमारी से अपनी डायरी ढूंढ निकाली। यह डायरी बड़ी प्यारी है मुझे। आज मुझे अपनी मां की बहुत याद आईं। इसमें ज्यादातर पन्ने उन्हीं के बारे में लिखे गए हैं। रॉबिन से शादी के बाद मैंने उसके साथ बिताए अपने दिनों के बारे में भी इसमें लिखा है। इंटरनेट और कम्प्यूटर के इस दौर में डायरी लिखना एक अचरज की बात थी। पर मैं जब तक कलम और काग़ज़ पर अपने मन की बात नहीं उतार लेती तब तक मुझे चैन न पड़ता।

मां के ख़्याल भर से आंसू टपक गये। उनकी तस्वीर देखने की हिम्मत तो नहीं थीं पर उनके साथ की ज़रूरत के कारण मैंने उनकी एक पुरानी तस्वीर अलमारी से निकालकर छाती से लगा ली थी। रॉबिन और मेरा एक ब्लैक एंड वाइट पोर्टफोलियो लिविंग रूम में मेरे सामने टंगा हुआ है। कोर्ट जाकर मैं डायवोर्स पेपर पर साइन तो कर आई पर दीवार पर से इस पोर्टफोलियो को अलग करने की हिम्मत नहीं हुई।

मां के अलावा अगर किसी को इस डायरी के पन्नों में जगह मिली थी तो वह रॉबिन है। उससे मिलने से लेकर शादी हो जाने तक और उसके बाद कहां-कहां हम घूमने गए सब इन पन्नों पर दर्ज है। रॉबिन से मिलने के बाद मुझे एक बार फिर से डायरी लिखने का शौक़ जाग गया था। यह मेरी ज़िंदगी के हसीन पल थे जिन्हें मैं बार-बार पढ़कर बार-बार जीना चाहूंगी। बिल्कुल वैसे ही जैसे मैं कई-कई बार इन्हें पढ़कर मां को याद किया करती हूं।

मुझे याद है, गुरुद्वारे जाते समय जब मेरी मां चुन्नी सिर पर रखती थी तो मुझे बीजी याद आ जाया करते। मेरी मां सिखणी थी, फिर भी कभी-कभी माथे पर बिंदी लगाया करतीं, जो मुझे बड़ी प्यारी लगती थी। लाल गोल बिंदी लगाकर वो घर की नईं-नईं बहू लगा करतीं। जबकि अब वो एक बड़ी बेटी की मां हैं। लाल सूट में वे मुझे खिले हुए चेहरे वाली एक नई दुल्हन जैसी प्यारी सी सुंदर महिला लगती थीं।

जाड़े की दोपहर और जालंधर में मेरे घर का किचन गार्डन। रसोई का

दरवाजा आने-जाने के लिए खुला रहता और मां रसोई के भीतर साग को लाल मिर्च का तड़का लगाया करती। पापा अक्सर किचन गार्डन के साथ ही उग आयी घास पर खाट बिछाकर गर्मा-गर्म मक्की की रोटी खाया करते। मां उन्हें ताजी ताजी गर्म रोटी परोसा करती। रोटी पर एक चम्मच देसी घी लगाकर मां बड़े प्यार से उन्हें खाना खिलाया करती थी। वे अक्सर पास ही में उगे ताज़े प्याज उखाड़कर, धोकर खाने के लिए दी। मैं खेल खेल में ही पापा के साथ बान के खाट पर बैठकर खाना खाया करती।

रॉबिन के साथ रहने के बाद जाना कि उसके दोस्तों की लिस्ट बहुत लम्बी है और वह उन सभी को बराबर का समय देता था। दोस्त उसके लिए परिवार के सदस्य से कम नहीं थे। शादी के बाद मैं केवल एक बार ही जालंधर जा पाई थी। रॉबिन भी मेरे साथ ही था। शुक्र है भगवान का कि पापा रॉबिन को मिलकर नाराज नहीं हुए बल्कि उन्हें रॉबिन का स्वभाव अच्छा लगा और उन्होंने उसे प्यार भी किया। उस समय हम सिंगापुर से लौटे थे और सीधे जालंधर आ गए थे। पापा को हमने सिंगापुर की फोटोग्राफ्स अपने लैपटॉप पर दिखाईं। तस्वीरें देखकर पापा को महसूस हुआ कि रॉबिन के साथ मैं काफी खुश हूं इसलिए उनका गुस्सा भी शांत हो गया था। मैंने अपने घर के हर कोने से जुड़ी यादें रॉबिन से सांझा की।

कैसे आम के पेड़ पर चढ़कर मैं अक्सर अपने आंगन में उछलती फिरती और ख़ूब धमाचौकड़ी मचाया करती। पापा का बिजनेस था और वे जब मर्ज़ी घर आते - जाते। मां ने कभी सर्विस नहीं की। न वो डब्बू की मां की तरह किट्टी-पार्टियों में जाती थी। उन्हें घर पर रहकर मेरी देखभाल करना और गर्म-गर्म खाना खिलाना ही भाता था। हर रविवार गुरुद्वारे जाया करतीं। टीवी देखने से फुरसत मिलती तो मैं भी उनके साथ चल पड़ती। हालांकि मैं रॉबिन के साथ खुश थी लेकिन मेरी बचपन की यादें और मां के साथ बिताए पल मुझे रह-रहकर याद आते। उनके साथ मुझे वक्त बहुत कम मिला।

समय तो मुझे रॉबिन के साथ भी कम ही मिला। मैंने कभी रॉबिन से अलग होना नहीं चाहा था बल्कि मुझे रात-दिन उसका साथ प्यारा था। शायद डाइवोर्स की वजह भी यही रही। उसे हर समय मेरा साथ चिपके रहना पसंद नहीं था। मैंने शायद उसे स्पेस नहीं दिया। जिसका अर्थ उसने यह निकाला कि मैं उस पर शक करती हूं और तभी मैं हर समय साथ चिपकने की कोशिश करती हूं। एक

बार उसके कलकत्ता टूर पर मैं ज़बरदस्ती उसके साथ चल दी थी। मुझे याद है वहां उसका एक अन्य मॉडल लड़की के साथ फोटो शूट था। उस समय रॉबिन और मेरी काफ़ी बहस हुई। अंततः मुझे अकेले ही कलकत्ता से मुंबई लौटना पड़ा था। शादी के बाद यह रॉबिन की पहली मॉडलिंग असाइनमेंट थी। यही वह समय था जब रॉबिन और मेरे रिश्ते के बीच दरार आनी आरंभ हो गई थी। मुझे उसका साथ प्यारा था लेकिन वह प्रोफेशन के मामले में बेहद जिद्दी और उसूलों का पक्का था।

बचपन में मां की बीमारी के दिन मेरे वो ज़ख्म हैं जो शायद कभी नहीं भरेंगे। मेरे 10वीं क्लास में होते-होते, मां की तबीयत ख़राब रहने लगी थीं। मैंने किचन संभालना सीख लिया था। पापा को मेरे हाथ की टेढ़ी-मेढ़ी रोटी खानी पड़ी। मां को बुख़ार रहता था। उनका इलाज चल रहा था पर फायदा अधिक नहीं हो पाया। वे बहुत दुबली हो गईं थीं। रंगदार फुलकारियां पहनने वाली मेरी मां बुझी - बुझी सी रहने लगी थीं। न वे अब बिंदी लगाती और न पहले की तरह शाम को घर का काम करते समय पंजाबी गीत गाया करतीं। उनके पास पंजाबी गीतों की एक टेप भी थी। किसी को ब्याह - शादी होती तो पापा अकेले ही अटैंड किया करते थे। मां अब मेरे ज्यादा करीब हो गईं थीं। वे मुझे अपने पास बिठाकर कहा करतीं कि वे अब ज्यादा दिन नहीं जिएंगी। उनके पास समय कम है और अपनी बच्ची को करने के लिए प्यार बहुत ज्यादा है। मैं कई बार उनकी गोद में सिर रखकर रो देती तो वे मुझे गले से लगाकर अपने साथ सुला लिया करती थीं

गले से लगकर सोने की आदत मुझे तभी से है। मैं रॉबिन के गले लगकर सोती थी। उसने मेरे बचपन के ज़ख्मों को समझा था। कभी कभार तो ऐसा लगता था मानो 'मां ही रॉबिन बनकर मेरे जीवन में लौट आईं हों।' रॉबिन ने प्यार के साथ मुझे दुलार भी किया। मैंने भी उसके लिए सब कुछ छोड़ दिया था। अपने पापा से लेकर सभी रिश्तेदारों को। अचानक बिन बताए शादी कर लेने से दोस्त तो वैसे ही नाराज़ थे। मैंने भी शादी के बाद किसी की ख़बर नहीं ली। फेसबुक अकांउट भी डीएक्टिवेट कर दिया ताकि कोई मुझे ढूंढ न पाए। रॉबिन की केवल एक ही बात मुझे अक्सर नाराज़ करती, पार्टियों में अपनी दोस्त लड़कियों के साथ बाहों में बाहें डालकर घूमते रहना। यह असहनीय था जबकि रॉबिन के मुताबिक यह उसके प्रोफेशन का हिस्सा था। यह सब रेडियो में प्रोड्यूसर की मेरी नौकरी

से बिलकुल अलग था।

एक बार एक पार्टी में रॉबिन के एक दोस्त ने मुझे चूम लिया जिससे मेरा गुस्सा सातवें आसमान पर जा चढ़ा। जबकि रॉबिन के लिए यह कोई बुरी बात नहीं थी। उसके दोस्त की इस हरकत पर चुप रहने क मतलब था रॉबिन को लड़कियों के लब चूमने की इजाज़त देना, जो कि मुझे क़िसी कीमत पर बर्दाश्त नहीं था।

मैं अपनी सबसे प्यारी चीज बांट नहीं सकती और न ही मैं खुद हिस्सों में बंट सकती हूं। मेरी मां के लिए मैं, पापा और उनके रिश्तेदार सबसे ज्यादा ज़रूरी थे। मां को बुआ के बच्चों से बहुत लगाव था। मुझे यह देखकर ईर्ष्या होती। मुझे मां की बीमारी के दिन कभी नहीं भूलेंगे। मैं स्कूल में ही थी, करीब तीन साल की लम्बी बीमारी के बाद आख़िर वो दिन भी आ ही गया। शनिवार की सफेद स्कूल ड्रेस पहने मैं अपने साइकिल पर स्कूल से घर लौट रही थी। जून की गर्म सुनसान दोपहर में अचानक एक कार मेरे पास से गुजरी। मेरे पास से गुज़रते हुए उस कार ने तेज हॉर्न बजाया और पिछली सीट पर बैठे एक बदसूरत आदमी ने खिड़की से मुंह निकालकर मेरी स्कर्ट पर पान की लाल पिचकारी मार दी। मैं बहुत डर गई और चिल्लाते हुए साइकिल का बैलेंस खो दिया। सड़क पर जा गिरी, एक रिक्शावाले ने मुझे सहारा देकर उठाया। सफेद स्कर्ट पर पड़ा वो लाल दाग़ पता नहीं जाएगा भी या नहीं। इसी सोच में डूबी मैं घर पहुंच गई। मां बैड पर बैठी मेरे आने का इंतजार रही थीं।

उनके पेट में भयानक दर्द था। मैंने पड़ोस से पापा के ऑफिस में फोन करके उन्हें घर बुलाया। मम्मी को हम अस्पताल ले गए, लेकिन बचा नहीं सके। क्योंकि वे सुहागिन मरी थीं इसलिए दाह संस्कार से पहले उन्हें लाल सूट पहनाकर सजाया गया। मेरे कहने पर मेरी मामी ने उनके माथे पर लाल गोल बिंदी लगा दी थी, जो मैंने उनके कमरे से ही उठाई थी। मां इतनी ख़ूबसूरत कभी नहीं लगी थीं। मैंने उन्हें आखिरी बार नज़र भरकर देखा। कुछ दिनों बाद पापा ने उनकी एक बड़ी सी तस्वीर बनवाकर घर में टंगवा दी थी। उस फोटो को देखकर मां बहुत याद आती।

रॉबिन को मैंने मां की सभी तस्वीरें दिखाई थीं। उसे फोटोग्राफी का बहुत शौक था। वह अक्सर कहा करता था कि तुम्हारी मम्मी का फेस बहुत फोटोजैनिक था। अगर वह जीवित होतीं तो मैं उनके पोर्टफोलियोस बनवाता और

ख़ुद भी उनकी तस्वीरें बनाता। रॉबिन की मां, मेरी मां से बिलकुल अलग हैं। उनकी सोशल लाइफ रॉबिन से भी ज्यादा बिजी है। रॉबिन के मम्मी - पापा चंडीगढ़ में एक कनाल की कोठी में रहते हैं। उसका छोटा भाई डैनी फिलहाल उनके साथ है। वह पढ़ाई के लिए आस्ट्रेलिया जाना चाहता है। रॉबिन से डाइवोर्स के बाद मैं अपने जीवन का खालीपन कैसे भर पाऊंगी, मुझे समझ नहीं आ रहा। नेहा एक दो लड़कों के नाम ले रही है, जो मेरे दोस्त हैं। इनमें से उसे राहुल बहुत पसंद है। नेहा का सुझाव है कि मैं उससे शादी कर लूं। बर्थ डे पर वह अकसर हैवी गिफ्ट दिया करता है। मेरा मन फिलहाल रॉबिन के साथ बिताए उन दो सालों में ही घड़ी की सूइयों की तरह घूम रहा है।

जब मेरी मां हमें छोड़ कर चली गई थी, तब बड़ी बुआ ज्यादातर हमारे घर रहती। वैसे तो वे दिल्ली में रहती हैं लेकिन कुछ दिनों के लिए वे यहीं शिफ्ट हो गई थीं। मुझे पता चल गया था कि रिश्तेदार पापा को दूसरी शादी करने के लिए कह रहे हैं। बुआ ने मुझे समझाते हुए बताया कि पापा भी मान गए हैं। सुनकर मुझे थोड़ा अजीब लगा लेकिन मुझे याद आया कि मां ने पहले ही मुझे इस बात के लिए चेता दिया था। मां के जाने के साल के भीतर ही रिश्तेदारों ने पापा की दूसरी शादी कर दी। दूसरी मां की यह पहली शादी थी। वे मेरी मां की ही उम्र की थीं और उन्हें मेरे बारे में ठीक से बता दिया गया था। शादी से पहले वे दो बार मुझसे मिली थीं। मैं उनसे ज्यादा बात नहीं कर सकी थी। सभी ने मुझे समझाया कि यही अब तुम्हारी मां हैं।

इनका व्यक्तित्व मेरी मां से बिल्कुल मेल नहीं खाता था। बुआ ने बताया कि इस शादी से कोई बच्चा नहीं होगा और ये दोनों मुझे अपना इकलौता बच्चा मानकर मेरा पूरा ख़्याल रखेंगे। इस शादी के बाद साल दर साल पापा और मेरे बीच का फासला बढ़ता गया। दूसरी मां बुरी नहीं थीं लेकिन मेरी मां से उनका मुकाबला नहीं किया जा सकता। इस बीच मैं पढ़ने के लिए दो साल हॉस्टल चली गई। लौटने पर महसूस किया कि उन्हें मेरी शादी की बहुत चिंता है। इसलिए 24 की होते-होते उन्होंने मेरे लिए 2-4 लड़के भी देख लिए थे।

इस बीच रॉबिन से मिलना हुआ और नौकरी भी मिल गई। मेरे पापा-मम्मी को यह रिश्ता पसंद नहीं था इसलिए वे अपना आशीर्वाद देने गुरुद्वारे भी नहीं आए। कुछ महीनों तक नाराज़ रहने तक पापा शांत हो गए। शादी टूट रही है, यह बात मैं पापा को बहुत मुश्किल से बता पाई थीं। न वे शादी में आए और न

ही डाइवोर्स के लिए। उनकी सेहत भी ठीक नहीं है। हालांकि मम्मी उनका पूरा ख़्याल रखती हैं।

डायरी में आगे लिखने के लिए अब पन्ने नहीं हैं। मोबाइल फोन साइलैंट पर था, देखा तो नेहा की दो कॉल्स हैं और ऑफिस से भी एक फोन था। नेहा अपने साथ डिनर पर साथ चलने को कह रही थी। मेरा उठकर तैयार होने का मन नहीं था। काफी देर तक मैं अलमारी में और इधर-उधर मां की पुरानी तस्वीरें ढूंढती रही। रॉबिन की और मेरी कुछ तस्वीरें मेरे लैपटॉप में रखी हुई हैं। कुछ देर उन्हें भी देखा। अचानक जालंधर जाने का मन हो रहा है।

रात के खाने पर मैंने रॉबिन की दिलाई एक हरे रंग की ड्रैस पहनी। बहुत मन था इसे पहनने का। सोचा तो था कि सुबह कोर्ट में जाते वक्त इसे पहनूं पर हिम्मत नहीं हुई। डिनर पर नेहा ने थोड़ी पी भी ली थी। उसने मुझे देर रात घर ड्रॉप किया। यह भी वैसी ही रात थी जिसके बीत जाने का मुझे बहुत डर था। गर्मियों की इस चांदनी रात में खुली खिड़की से धीमी हवा मेरे कमरे में फैलकर पसर गई। मां की बनाई एक फुलकारी मेरे पास रखी है। अपने बिस्तर पर उसे फैलाकर मैंने मां की गोद तैयार कर ली थी। उस पर लेट जाने के बाद, पंजाबी गीतों की उस पुरानी सी टेप का एक गीत मुझे याद आया। शिव कुमार बटालवी का लिखा यह गीत मेरी मां को बहुत पसंद था। वह अक्सर इसे गाया करतीं।

'चूरी कुट्टा तां ओं खांदा नहीं,
वे असां दिल दा मांस खवाया,
इक्क उडारी ऐसी मारी, ओ मुड़ वतनी न आया,
माएं नी माएं, मैं इक शिकरा यार बनाया'

बाबू राय

बात उन दिनों की है जब सरकारी नौकरी और बाबूगिरी शाही ठाट की तरह थी। सन् 1952 की घटना है। गांव घराओं की एकमात्र बैंक शाखा में बाबू राय असिस्टेंट मैनेजर की नौकरी करते थे। बैंक में केवल वही घराओं के रहने वाले थे, बाकी सभी कर्मचारी शहर से आया करते। बाबू राय ब्रिटिश राज के समय के ग्रेजूएट थे। सुबह घर से निकलने के समय से लेकर शाम को लौटते वक्त तक रास्ते भर सेल्यूट पड़ा करते। बाबू भी पूरी शान से हाथ में लाठी लेकर तनकर चलते। बाज़ार से निकलते वक्त बनिए - ब्राह्मणों से लेकर जाट तक, जो मिलता हाल-चाल पूछता। गांव के लोग घरेलू मसले सुलझाने के लिए बाबू राय से सलाह मश्विरा किया करते।

तीन भाइयों और दो बहनों में बाबू पहले नंबर पर थे। सभी की शादी हो चुकी थी। बाकी दोनों भाई भी बाबू की तरह बड़े सयाने और लायक थे। सरकारी नौकरी में थे। दफ्तर गांव से बाहर थे इसलिए नौकरी के लिए दोनों को शहर जाना पड़ता। बहनें ब्याहकर अपने घरों को चली गई थीं और भाई मिलकर गांव में बनी अपनी हवेली में रहते थे। भाइयों

के बच्चों में यह फर्क करना मुश्किल था कि कौन किसका बच्चा है। परिवार मिलजुल कर बड़े प्यार से रहता था। सब बढ़िया चल रहा था। बाबू राय को घर का मुखिया माना जाता। कहना न होगा कि हर ज़रूरी फैसला उनकी राय और समझ से ही लिया जाता।

बाबू समय के पाबंद थे। सुबह करीब साढ़े नौ बजे घर से निकलते और दस बजे दफ्तर पहुंच जाया करते। पगार अच्छी थी, रुत्बा भी था। दफ्तर के ज़रूरी फैसलों में बाबू राय की बात ख़ासतौर से सुनी जाती। बैंक में बाबू को दिन भर एकत्रित हुई जमा राशि का रिकार्ड रखने के अलावा बाकी फाइलों के काम रहते। बैंक के मैनेजर गणेश प्रभाकर बाबू के काम से अत्यंत प्रसन्न थे। यही कारण था कि प्रभाकर की ग़ैर मौजूदगी में बाबू पर पूरा भरोसा करके प्रभाकर का काम भी उन्हें सौंप दिया जाता था। बैंक की एक-एक फाइल और हर फैसले का बाबू को पता रहता। यहां तक कि गांव के कौन से घर के खाते में कितना पैसा जमा हुआ, कितना निकला, इसका ख़्याल बाबू राय को रटा पड़ा है। प्रभाकर और बाबू राय के परिवार आपस नें घुले मिले थे। प्रभाकर हर रोज़ बस में बैठकर शहर से घराओं आते। एक दफ़ा प्रभाकर के घर में रामायण जी का पाठ था तब बाबू का सारा परिवार उनके घर गया। तब से दोनों परिवारों के रिश्ते गहरा गए थे।

एक थे 'उपाध्याय'। गांव सबसे बड़े और अमीर घर के मुखिया। उपाध्याय ज़मींदार थे और गांव में उनका अच्छा रसूख था। वैसे तो उपाध्याय के रुपए पैसे शहर के बैंकों में ज्मा थे पर गांव की बैंक शाखा में भी उपाध्याय का एक खाता था। उस खाते का हिसाब ख़ासतौर से बाबू के पास था। उनका हिसाब हज़ारों में होता। बाबू राय से वास्ता पड़ते रहने के चलते उपाध्याय उनके काफ़ी करीबी हो गए थे। ज़रूरत पड़ने पर कई बार तो छुट्टी वाले दिन भी बाबू राय ने उपाध्याय परिवार को रुपए निकलवाकर दिए थे।

बात जाड़ों की है। खेतों में कोहरा छाया था। चारों ओर ठंड पसरी थी। बाबू राय हमेशा की तरह लाठी लेकर काले रंग का लम्बा कोट पहने बैंक पहुंचे। आते ही प्रभाकर ने उन्हें अपने कमरे में बुलाया और बताया कि उपाध्याय जी का मुंशी आज सुबह-सुबह ही बैंक आया हुआ है। पता चला कि वे बैंक खुलने से पहले ही वहां पहुंच गया था और बाबू के इंतज़ार में ज़रा बाज़ार की ओर टहलने निकला है। बाबू राय ने दफ्तर के एक सहयोगी को भेजकर मुंशी जी को बुलवा लिया।

उनके आते ही बाबू ने गरम गरम चाय को कहलाया। बातचीत से पता चला कि उपाध्याय जी के छोटे भाई की बेटी का ब्याह रखा है और आज शगुन का दिन है। वैसे तो रुपयों का इंतज़ाम कर लिया गया था लेकिन आज सुबह-सुबह कुछ अधिक राशि की ज़रूरत आन पड़ी। इसीलिए उन्हें बैंक की याद आई। मुंशी ने कहा कि उन्हें बैंक में जमा सारे पैसे दे दिए जाएं। बैंक में इस समय उपाध्याय का बीस हज़ार रुपया जमा है। बाबू राय ने उनके खाते से सारे पैसे निकलवाने का प्रबंध कर दिया। एक मुलाज़िम पैसे का इंतज़ाम करने गया। भीतर से लौटने पर उसने बाबू राय के सामने दस हज़ार रुपए के बंडल रखते हुए कहा कि इनके अकांउट में यही सारे रुपए जमा हैं। देखने से ही पता चल रहा था कि यह पूरी रकम नहीं है।

गिनने पर पता चला कि यह दस हज़ार रुपए हैं। देखकर बाबू राय और मुंशी के होश उड़ गए। मुंशी जी ने कहा कि वह अकांउट दोबारा चेक करे। मुलाज़िम ने बताया कि अकांउट में पड़े सारे पैसे वह निकालकर लाया है। मुंशी ने गले में लटक रहा अपना चश्मा आंखों पर चढ़ाते हुए बाबू राय से पूछा कि आखिर 'मामला क्या है।' बाबू राय तुरंत भीतर गए और पांच मिनट बाद जब लौटे तो माथा पसीने से ठंडा हो रहा था। ऐसा कभी नहीं हुआ था। इतना तो बाबू को भी याद था कि उपाध्याय साहब के अकांउट में बीस हज़ार रुपए जमा थे। फिर पैसा कहां गया। काग़ज़ों में जमा राशि कुल दस हज़ार रुपया ही दिखाई पड़ रही थी। मुंशी जी का पारा चढ़ रहा था। वे इंतज़ार करने को तैयार न थे। बार-बार चिल्ला-चिल्लाकर शगुन की रस्म का हवाला दिए जा रहे थे। एक बजे तक तो लड़के वालों के घर पहुंचना था। मुंशी जी दफ्तर के माहौल को अनदेखा करके झगडे पर उतर आए थे। बाबू राय ने इस तरह की स्थिति का सामना पहले कभी नहीं किया था। उन्हें तो बैंक के अफसरों की तरफ से प्रशंसा पत्र मिला करते थे। मुंशी जी की आवाज़ सुनकर प्रभाकर अपने कमरे से बाहर आए और बाबू राय से पूछा कि मामला क्या है। बाबू कुछ कह पाते इससे पहले ही मुंशी जी ने प्रभाकर के सिर चढ़कर पूछा कि बैंक में जमा रकम कहां गई? उन्हें शांत करके प्रभाकर ने बाबू राय से पूछा कि बैंक में इनके बीस हज़ार रुपए जमा थे, केवल दस हज़ार कैसे रह गए, बाकी के दस हज़ार रुपए कहां गए। बाबू राय के मुंह पर तो जैसे ताला पड़ गया। सभी जानते थे कि उपाध्याय के अकांउट का हिसाब बाबू राय के पास था। ऐसे में ग़ायब हुए दस हज़ार का जिम्मा भी बाबू राय का

ही है।

करीब डेढ़ घंटा बैंक और उसके मुलाज़िमों को कोसने के बाद मुंशी जी वहां से चले गए। उनके जाने के बाद प्रभाकर ने तुरंत बाबू राय को अपने कमरे में बुलाया। क्योंकि प्रभाकर, बाबू राय की कर्मठता और ईमानदारी से बहुत अच्छी तरह वाकिफ़ थे इसीलिए उन्होंने बाबू राय से कहा कि वे दिमाग़ पर ज़ोर दें और याद करें कि कहीं उनसे कोई गल्ती तो नहीं हो गई। काग़ज़ी रिकार्ड ग़लत कैसे हो सकते हैं। बाबू राय ने बार-बार दोहराया कि जितने रुपये उन्हें खाते में जमा करने को दिए गए थे उन्होंने उसका सारा हिसाब काग़जों पर उतार दिया था। सुनते ही प्रभाकर ने बाबू राय से पूछा कि क्या उन्हें पता है कि अगर वे दस हज़ार रुपए न मिले तो उन्हें जेल तक जाना पड़ सकता है। बाबू राय कांप गए। आंखें नम हो गईं और माथे पर पसीने की बूंदें छलकने लगीं। जेल तो शब्द ही उन्होंने पहली बार सुना था। गांव में इतना रसूख, इतना सब कुछ। लोग क्या कहेंगे, कुछ हज़ार रुपयों के लिए बाबू ने अपनी ईमानदारी बेच दी। प्रभाकर ने बाबू राय को बताया कि यदि उपाध्याय पुलिस के पास चले गए तो उन पर केस दर्ज हो सकता है। उपाध्याय के रसूख के चलते बाबू को जेल हो सकती है। नहीं-नहीं। बाबू राय ने प्रभाकर से कुछ समय मांगा और कहा कि वह ज़रूर कुछ न कुछ प्रबंध करेंगे। और अगर नहीं हुआ तो वह अपने पास से रुपयों का इंतज़ाम करके लाएंगे। प्रभाकर खुद परेशान थे। समझ नहीं आ रहा था कि किया क्या जाए।

दोपहर बाद मुंशी जी दोबारा बैंक आ धमके। सीधे प्रभाकर के कमरे में गए और बताया कि उपाध्याय शाम को खुद बैंक आएंगे। इस दौरान बाबू की तबीयत बिगड़ने लगी थी। शाम क़रीब चार बजे उपाध्याय बैंक आए। प्रभाकर ने बाबू को कमरे में ही बुलवा लिया। उपाध्याय ने लगभग डांटकर पूछा कि बाबू ने रुपए जहां भी रखे हैं, लौटा दे। इस पर प्रभाकर ने बाबू राय की ईमानदारी पर कसम खाते हुए कहा बाबू ने पैसे नहीं छुपाए। हो न हो किसी कर्मचारी से कोई भूल-चूक हुई है। उपाध्याय ने कुर्सी छोड़ दी और तुनकते हुए बोले कि अगर बाबू के पास वे रुपए नहीं हैं तो निश्चित ही वे उन रुपयों को खर्च कर चुके हैं। जाते-जाते वे पुलिस कार्रवाई की धमकी दे गए।

यह सब देख सुनकर बाबू राय थर-थर कांप गए। प्रभाकर को उनकी हालत पर बहुत दया आई लेकिन वे मजबूर थे। मामला दस हज़ार का था। शाम को बाबू राय घर पहुंचे तो उन्हें घर की छत नीचे और ज़मीन उपर दिखाई पड़ रही

थी। घर पर भाइयों और पत्नी के पूछने पर बाबू राय ने उन्हें बताया कि दस हज़ार रुपए के गबन का इल्ज़ाम उन पर आ गया है। सुनते ही पूरे परिवार के पैरों तले ज़मीन खिसक गई। इतने इज़्ज़तदार व्यक्ति पर इस तरह के आरोप की बात सुनते ही उनके भाई जड़ हो गए। बाबू किसी से बिना कोई बात किए बैठक में जा लेटे। जब भी दरवाज़े पर दस्तक होती तो पुलिस के आने के डर से बाबू का दिल धक्क रह जाता। नहीं-नहीं, ऐसा कैसे हो सकता है। अगर घर पर पुलिस आ धमकी तो हम तो बर्बाद हो जाएंगे।

जैसे-तैसे रात गुज़री। सुबह होते ही बाबू ने अपने भतीजे को बैंक भेजकर सूचना दी कि वह आज दफ्तर नहीं आएंगे। बाबू ने परिवार से कोई सलाह मश्विरा नहीं किया। करीब 4 बजे वे उठकर ड्योढ़ी में आए और अपनी पत्नी से कहा कि वे उपाध्याय के घर जा रहे हैं। बोलकर वे घर से निकल गए। रास्ते भर वे भगवान से प्रार्थना करते रहे कि उपाध्याय उन्हें माफ़ कर दे। उपाध्याय के घर पहुंचकर उन्होंने बाहर खड़े चौकीदार से कहा कि उन्हें साहब से मिलना है। थोडी देर बाद मुंशी जी बैठक में पहुंचे। यह पहली बार था कि बाबू को उपाध्याय साहब के घर पर चाय तो क्या पानी तक नहीं पूछा गया। बैठक में आते ही उपाध्याय ने बाबू से कहा कि वह अपनी बात जल्दी खत्म करें और चले जाएं। बाबू राय अब उपाध्याय जी के सामने हाथ ज़ोड़े खड़े थे। माफ़ी मांगी और कहा कि उन्हें पैसों का कुछ पता नहीं और वे पुलिस के घर आ जाने की आशंका से बहुत डरे हुए हैं। इतना सुनते ही मुंशी जी तुनकते हुए बोले 'पुलिस तो कार्रवाई करेगी ही।' उपाध्याय बिना उत्तर दिए भीतर चले गए। बाबू बेहद निराश वापिस चल दिए। जैसे तैसे घर पहुंचे तो पता चला कि एक सिपाही घर आया था और बाबू राय के बारे में पूछकर गया है। इतना सुनते ही बाबू राय मिट्टी की मूर्ति बन गए। क्या होगा अगर पुलिस उन्हें पकड़कर ले गई। घरवाले समधियों को क्या मुंह दिखाएंगे। क्या होगा रुत्बे का। गांव के लोग बेईमान बोलकर थूकेंगे।

बिना कुछ खाए-पीए बाबू अपने कमरे में निढाल पड़े रहे। घर में सबको पता था कि उनकी तबीयत ठीक नहीं है। पत्नी को उन्होंने सिर पर बैठने से मना कर दिया। भतीजे ने बताया कि प्रभाकर ने अगली सुबह उन्हें काम पर आने के लिए कहा है। अब क्या होगा। घर नहीं मिले तो सिपाही दफ्तर से उठा ले जाएगा। सारा बाज़ार देखेगा कि बाबू को दस हज़ार रुपया खाने के आरोप में पुलिस ले गई। रोटी का एक भी निवाला बाबू के गले नहीं उतरा। यह क्या दिन

दिखाया है किस्मत ने। बड़े बुजुर्गों की आत्मा को कितना दुख होगा। घर का नाम थाने में जाएगा। अब तो पक्का ही पता था कि सिपाही बाबू को ढूंढ़ रहे हैं। घर में मातम पसरा रहा।

अगली सुबह, बाबू की पत्नी बैठक में पहुंची तो देखती है कि वे वहां नहीं हैं। सुबह-सुबह 5 बजे कहां निकल गए। सैर तो सर्दी में बंद कर रखी है और इस हालत में वे जाएंगे भी क्यों। इधर-उधर देखने के बाद भाइयों को जगाया गया। सभी ने घर में और घर के आस पास बाबू को ढूंढा। थोड़ा उजाला होने पर बैंक जाकर भी देखा। छोटा भाई उपाध्याय जी के घर पूछकर आया। पर बाबू का पता नहीं चल पाया। यहां तक कि थाने भी पुछवाया। दोपहर तक घर में औरतों ने रो-रोकर बुरा हाल कर लिया था। यहां तक कि गांव के लोग घर पर इकट्ठा होने लगे थे। रात हुई और फिर एक एक दिन करके हफ्ता बीत गया। प्रभाकर अपनी पत्नी के साथ आए और परिवार को हिम्मत रखने को कहा। एक दिन अचानक बैठक में तकिए के नीचे रखा एक ख़त परिवार के हाथ लगा। यह पत्र बाबू राय ने अपने भाइयों के नाम लिखा था। बाबू ने लिखा था कि वे दूर जा रहे हैं और उन्हें ढूंढने का प्रयास न किया जाए। परिवार की तो जैसे नींव ही हिल गई। भला बाबू राय के बिना कैसे सब चल पाएगा। बाबू की पत्नी बेहोश हो गईं। पड़ोसियों एवं रिश्तेदारों ने बाबू को वहुत ढुंढवाया। गांव के पास नहर के ईद-गिर्द देखा गया। यहां तक कि दोनों भाई हरिद्वार भी ढूंढ आए। कहीं वैरागी न हो गए हों। बाबू के बारे में कहीं से कुछ पता न चल पाया।

इस बीच एक इन्क्वारी रिपोर्ट में सामने आया कि बाबू राय पूर्णत: बेकसूर हैं और उपाध्याय के बैंक खाते में हुई गड़बड़ी के लिए उनके मुंशी जिम्मेदार हैं।

एक-एक करके सात साल बीत गए। घर के लोग अब बाबू राय के लापता हो जाने के सदमे से उबरने लगे थे। जीवन अपनी गति से आगे बढ़ता रहा। कुछ भी नहीं रुका। बाबू गांव वालों के लिए किंवदंती बन गए थे। पंचायत चौपालों में उनके चर्चे हुआ करते। लोग अपने बच्चों को उनके बारे में कहानी की तरह बताते। गांव वाले बाबू राय को मृत मानने लगे थे। अगर वे जीवित होते तो कभी परिवार की सार लेने आते या पत्र लिखते।

कई वर्ष बाद बाबू के घर पर एक फक़ीर भिक्षा मांगने आया। बुढाया चेहरा, बिखरे बाल, लम्बी दाढ़ी, सूखा कमज़ोर बदन, नंगे पांव, कंधे पर मटमैला सफेद झोला। गेहूं लेकर लौटते समय उस फकीर ने ऐलान किया कि 'इस घर के

मुखिया बाबू राय जीवित हैं।' सुनते ही घर वालों ने फकीर को सम्मान से ड्योढी में बैठाया, केवल इस आस में कि वे कुछ और बताएंगे। बाबू के भाई गांव के बुजुर्गों को बुलाने के लिए घर से निकले। घर की बहुएं गरम ताजा खाना तैयार करने भीतर गईं। कुछ देर बाद खाना परोसने जब वे बाहर आईं, तो फकीर वहां नहीं था। बाबू राय कहां है, वह फकीर कहां से आया था और कहां चला गया, इसका कुछ पता नहीं चल पाया।

बताया जाता है कि बहुत साल पहले गांव घराओं के रहने वाले एक बैंक कर्मचारी बाबू राय फकीर बन गए थे।

संध्या

सुनो, बाबू जी तुम्हें बुला रहे थे। ऑफिस जाने से पहले मिल लेना ज़रा।' देवकी ने बिस्तर समेटते हुए कहा।

'उफ्फ। मैं तो तंग आ गया हूं। आज फिर वही कहेंगे, मेरे चश्मे की डंडी टूट गई है, ठीक करा दो। कितनी बार कह चुका हूं, आजकल वक्त नहीं है, लेकिन बाबू जी को समझ में नहीं आ रहा।' आदर्श झल्लाया।

'कोई बात नहीं। तुम एक बार उनके कमरे में होकर जाना। अब बुला रहे हैं तो . ।'

'पर देवकी मेरे कान पक गए हैं। उनका चश्मा नहीं हुआ, मेरे लिए आफत हो गयी।' आदर्श ने आईने में देख तक अपनी टाई को ज़रा सा हिलाते हुए कहा और बैग उठाकर चल दिया।

'बाबू जी, कहां हैं आप? बुलाया आपने?' आदर्श लगभग चीखता हुआ रसोई के साथ सटे माता-पिता के कमरे में दाखिल हुआ।

'आदर्श, तैयार हो गया ऑफिस के लिए? बेटा दफ्तर कैसा चल रहा है?' आदर्श के स्वर तले बाबू जी की आवाज़ दब गई।

'आपने मुझे बुलाया था न। मैं पूछ

रहा हूं, क्या काम हैं? जल्दी बताइए मुझे देरी हो रही है ?'

'अच्छा ठीक है बेटा, तुम ऑफिस जाओ। मैं शाम को बात करुंगा।'

'ओह। शाम को भी मेरे पास वक्त नहीं है। देवकी और मुझे मिश्रा जी के लड़के की शादी में जाना है। आप अभी बताइए। '

'बेटा वो-वो, मेरा चश्मा, उसकी डंडी ज़रा....'

'बाबू जी, आप मुझे पिछले एक महीने से यह बात कह रहे हैं और मैं आपको पिछले एक महीने से एक ही जवाब दे रहा हूं कि आजकल मैं बिज़ी हूं। कुछ विदेशी कॉन्ट्रेक्ट्स का मामला है। '

'बेटा, मैं बार-बार इसलिए कहता हूं क्योंकि चशमे के बिना मेरा गुज़ारा नहीं है। कितने दिन से रामायण का पाठ नहीं कर पाया। कुछ भी नहीं पढ़ पा रहा। '

'अगर इतनी तंगी है तो मां का चश्मा इस्तेमाल कर लीजिए। कुछ दिन में क्या फर्क पड़ जाएगा। '

'तेरी मां भी तो सारा दिन चश्मा चढ़ाए रखती है। उसका नंबर भी कम है। मेरे काम नहीं आता। तू ज़रा जल्दी मेरा यह काम कर देना।' वे गिड़गिड़ाए।

'ठीक है, मैंने सुन लिया। जब ऑफिस का काम कम होगा, आपको नया चश्मा लेकर दे दूंगा। पर अब आप दोबारा मत कहिएगा मुझसे।' कह कर आदर्श कार की तरफ बाहर मुड़ गया।

दुर्गा प्रसाद उपाध्याय भारतीय जीवन बीमा निगम से रिटायर हैं। उनकी पत्नी रमा देवी ईश्वर की पूजा-पाठ में मग्न रहती हैं। सारी उम्र रमा देवी ने अपने पति का साथ दिया है और आज भी उनका मानसिक संबल बनकर अड़िग खड़ी हैं। उपाध्याय अपने दोस्तो रिश्तेदारों में अपने साधारण और ईमानदार व्यक्ति के रूप में पहचाने जाते हैं। अपने काम के प्रति निष्ठा और प्रभावशाली व्यक्तित्व के कारण सर्वप्रिय हैं। रिटायरमेंट के बाद उपाध्याय जी का जीवन थोडा सिमट गया है। हार्ट प्राब्लम के चलते स्वास्थ भी कमजोर पड गया है। इसीलिए दो साल पहले वे अपने पैतृक गांव मीरपुर से वे यहां बेटे के पास शिफ्ट हो गए। हालांकि उपाध्याय और रमा देवी अपने बेटे और बहु के आजाद, आरामदायक और एकल जीवन में जरा भी अडचन नहीं डालना चाहते थे लेकिन इस जीवन संध्या में वे बेटे के परिवार के साथ रहने का मोह नहीं छोड पाए। इस उम्र और ऐसे स्वास्थ में अपने बेटे बहु के साथ नहीं रहेंगें तो भला कब सुख के दिन देखेंगें। उस पर पोते के साथ वक्त बिताने का मोह।

आदर्श उपाध्याय जी और रमा की एकमात्र संतान है। आदर्श की शादी हुए करीब छह साल बीत गए हैं। बहु देविका, वैसे तो गृहिणी है लेकिन घर पर कम ही रहती है। आदर्श एक एमएनसी में डीजीएम हो गया है। कार और घर ऑफिस की ओर से मिलें हैं। आदर्श और देवकी का एक बेटा है, आशुतोष। कुल मिलाकर एक खुशहाल परिवार। हालांकि उपाध्याय और रमा देवी को परिवार में उस तरह शामिल नहीं किया गया था जैसे कि होना चाहिए था।

उपाध्याय कोशिश करते कि उनका खर्चा-पानी पेंशन से होता रहे। अपने बेटे पर किसी तरह का कोई बोझ वे नहीं डालना चाहते थे लेकिन अपनी कुछ जरूरतों को लेकर वे आदर्श पर निर्भर थे। इससे देवकी को विशेष समस्या थी। आरंभ में पोता ज्यादातर दादा और दादी के साथ खेलता रहा। कभी मंदिर तो कभी पार्क में। जैसे-जैसे उसकी उम्र बढ़ रही है, दादा-दादी से फासला भी बढ़ता जा रहा है। देवकी का बेटा अपने नाना नानी के ज्यादा करीब हो रहा था। जब भी मौका लगता देवकी उसे अपने माता पिता के घर वक्त बिताने छोड आती। आशुतोष के लिए खासतौर से एक मेड रखी गई है जो दिन-रात उसके पीछे दौड़ती है। सुमन नाम की इस लडकी का काम सिर्फ आशुतोष का ख्याल रखना था। दादा-दादी के कमरे की ओर आशुतोष का रुख अब कम ही होता। आदर्श और देवकी अपने बेटे के साथ ज्यादातर ऊपर वाले कमरों में बिजी रहते जबकि उपाध्याय और रमा देवी नीचे बनें मकान के दो कमरों को अपना संसार मान चुके थे।

आदर्श ने कई बार देवकी से कहा था कि बाबू जी का चश्मा पुराना हो चला है, अब एक नया चश्मा लेकर दो। तब देवकी ने याद दिलाया था कि बाबू जी को फ़िजूलखर्च पसंद नहीं है इसलिए इसी को ठीक करवा देना चाहिए।

उस दिन शाम के समय देवकी आशुतोष के कपड़े चेंज करते हुए उससे बतिया रही थी।

'अच्छा, और क्या-क्या हुआ आज स्कूल में? वो स्पैरो वाली पोएम सुनाई मैम को ?'

'यस मम्मी, मैम ने मेरे लिए क्लैप भी किया। '

'वॉओ, मेरा बच्चा कितना प्यारा है। सुमन, इधर आओ। मैं और आशु के पापा शाम को पार्टी में जा रहे हैं। आशुतोष दो घंटे होमवर्क करेगा, उसके बाद

अगर मन किया तो सामने पार्क में फुटबॉल खेल आएगा। '

आदर्श देवकी को लेने घर आया। पार्टी के लिए निकलने से पहले देवकी ने एक बार फिर नसीहतों की लिस्ट पढ़ी और सुमन को ख़ासतौर से कहा कि आशुतोष को खेलने के लिए नीचे वाले कमरे में नहीं भेजना है। बाबू जी आराम कर रहे हैं।

दरवाज़े पर आकर आदर्श ने अपने माता-पिता से जरा ऊंची आवाज़ में कहा, हम जा रहे हैं। रात में देर हो जाएगी।'

'बेटा, आशुतोष को नीचे ले आएं कुछ समय के लिए?'

देवकी ने इस पर तुनकते हुए कहा, 'होमवर्क बहुत मिला है, वो पढ रहा है। सुमन है उसके पास।'

'यहां आकर हमारे पास पढ़ लेता।' वे ज़्यादा नहीं बोल पाए।

'यहां आकर पढ़ता कब है। खेलता रहता है। पढ़कर अगर समय हुआ तो आ जाएगा।' देवकी ने ताना मारा। उपाध्याय अपने पोते के साथ वक्त बिताने के लिए तरस गए थे।

असहाय बुजुर्ग लाचार नज़रों से सीढ़ियों को ओर एकटक देखते रहते। कुछ पल के लिए शायद पोता दिखाई दे जाए।

आधी रात में घर लौटकर देविका और आदर्श दबे पांव घर में दाखिल हुए। कहीं बेटे की नींद न टूट जाए।

देवकी कमरे में आते ही आईने के सामने हो ली।

'उफ्फ देवकी। इस दौड़भाग से मैं तंग आ गया हूं। कभी विदेशी मेहमानों के साथ लंच, कभी देर रात की मीटिंग्स। कभी यह, तो कभी वह। ज़रा भी आराम नहीं। बताओ, पिछली बार संडे को भी ऑफिस जाना पड़ा था। ' आदर्श ने कहा तो देवकी ने जवाब दिया, 'मेरा भी तो घर में वही बोरिंग रुटीन है। देखो आदर्श, नाराज़ तो होना मत। अपनी और मेरी इस हालत के तुम ही ज़िम्मेदार हो।'

'हां मैं समझता हूं लेकिन मैं इन सब ज़िम्मेदारियों से मुंह भी तो नहीं मोड़ सकता न। '

'मैंने यह तो नहीं कहा कि हम अपनी जिम्मदारियां निभाना छोड़ दें। अब ज्यादा दूर न जाकर रोहित और मीना को ही देख लो। कितने करीने से सब कुछ सेट है उनकी लाइफ में। एक बेटी है और बस अपना यही छोटा सा संसार। कितना नयापन है जीवन में। कभी साउथ इंडिया का टूर, कभी कोलकाता।

पिछले साल तो यूएसए होकर आए हैं। क्या फायदा इन रुपयों का, जब खर्च करने के लिए समय नहीं। एक हम हैं, खड़े पानी की तरह यहीं एक शहर में पड़े सड़ रहे हैं।'

देविका की यह शिकायत नई नहीं थी। हर कुछेक दिन बाद उसका यही ताना था।

'तुम ग़लत नहीं कह रही हो। लेकिन थोड़ी अपनी और उनकी ज़िम्मेदारियों के बारे में भी सोचो। अभी ज्यादा दिन नहीं हुए हैं जब शिमला हरीश की शादी अटैंड करने गए थे। केवल दो दिनों की बात थी। तुमने देखा ही था, पिता जी को हार्ट पेन हो गया था। कितनी कठिनाई से हम तीन घंटों में शिमला से यहां पहुंचे थे। तुम ही बताओ, इस उम्र और हालात में उन्हें हम अकेला छोड़ सकते हैं? नौकर की देखरेख उन्हें पसंद नहीं। कभी-कभी मुझे भी बुरा लगता है। तुम्हें साल साल भर कहीं ले जा नहीं पाता।' आदर्श जैसे सर झुकाकर माफ़ी मांग रहा था।

'अरे मैं भी कहां तुलना करने लगी। मैं तुम्हारे साथ हूं आदर्श। असल में तुम प्रैक्टिकल नहीं हो। अगर रोहित की तरह सलीके से जीना आता तो मां बाबूजी भी खुश रहते और हम भी। माता पिता को साथ रखना कोई नियम तो नहीं है न आदर्श। खासकर तब, जब उनके पास रहने को सभी सुख सुविधाएं हों। '

'तुम घर छोड़कर अलग होना चाहती हो देवकी? यह जानते हुए भी कि पिता जी की तबियत कितनी नाजुक है।'

'अरे हम क्यों घर छोड़ेंगे। बच्चों का भविष्य बनाना है। अभी तो जीवन शुरू हुआ है। हम अपना घर छोड़कर किराए पर रहेंगे?' देवकी के तेवर कड़े हो गए थे।

'अब यह मत कहना कि रोहित की तरह मां बाबूजी को ओल्ड एज होम छोड़ आएं। उन्हें घर से जाने के लिए कहना शर्म की बात होगी।

'मैं तो पहले ही कह चुकी हूं। तुम्हें रोहित की तरह औरगेनाइज़्ड लाइफ जीने का सलीक़ा नहीं है। बताओ 'सत्य राम आश्रम' में किस चीज की कमी है। मां बाबू जी मीरपुर वाले अपने पुराने घर में भी तो नहीं रहना चाहते। यह ओल्डएज होम भी कोई बुरी ऑप्शन नहीं है आदर्श। अब हम तो आश्रम में जाकर नहीं रह सकते न। मैं एक बार यूं ही मीना के साथ गई थी। अरे बुजुर्गों

के लिए आश्रम क्या है, फाइव स्टार होटल है। हर चीज उपलब्ध है। वो भी कमरे में बैठे बिठाए। ईश्वर की कृपा से हम एफोर्ड भी कर सकते है। थोड़ा महंगा जरूर है। पर खुशियां तो अनमोल होती हैं, प्राइसलैस।'

'बात एफोर्ड करने की नहीं है देवकी। दोस्त रिश्तेदार क्या कहेंगे।'

'तुम नहीं मानोगे, लेकिन सच तो यही है कि उन्हें इस उम्र में स्पेस चाहिए। हर चीज अपने ढंग की। मां-बाबूजी को तो मेरे हाथ की बनाई सब्जी तक पसंद नहीं। हर रोज कटोरियां भर कर भेजती हूं पर खानी वही नींबू के अचार के साथ रोटी। उन्हें अपने हिसाब से जीना अच्छा लगेगा आदर्श। और यह कोई टूटी-फूटी बेकार जगह नहीं है। हम पैसे जमा करवांएगे आश्रम में। ' देवकी ने आदर्श के दिमाग में बात बैठाने की कोशिश की।

'नीचे के फ्लोर का क्या करेंगे?' आदर्श ने बच्चों की तरह सवाल किया।

'क्यों उसे सजाकर, थोडा हेर-फेर करके ड्राइंग रूम बनाया जा सकता है। एक डाइनिंग हॉल। ऊपर बैडरूम हैं ही। क्या दिक़्क़त है। आशुतोष को भी जल्द ही अपनी स्पेस चाहिए होगी। और तुम्हारे फ्रेन्ड्स जो घर पर पार्टी मांगते रहते हैं। वह समस्या भी हल हो जाएगी।'

'तुम्हारी बाते हैं तो ठीक। लेकिन इतना बड़ा फैसला बिना उनकी सलाह के। कैसे कहेंगे उनसे?'

'तुम एक दिन उन्हें सत्य राम आश्रम ले जाओ। मुझे उम्मीद है वो वहां की सहूलियतों के बारे में जानकर खुश होंगे। कल संडे है। कल बात करो।'

देवकी की सलाह आदर्श को जंच गई।

रविवार की सुबह आदर्श और देवकी चाय के साथ बालकनी में बैठे अख़बार पढ़ रहे थे। आशुतोष सो रहा था और सुमन रसोई का काम करने में व्यस्त थी।

'सुनो, मां-बाबूजी से बात करूं?' देवकी को जल्दी थी।

'अरे, ठहर भी जाओ, मुझे वह ओल्ड एज होम जरा देख तो आने दो।'

'अरे एक साथ ही देख आओ न।'

देवकी की सलाह अब ज़िद्द में बदल रही थी। आदर्श को माता-पिता से बात करने नीचे आना ही पड़ा।

'मां-बाबूजी। क्या कर रहे हैं आप लोग?'

'अरे, आओ आदर्श। कल पार्टी में कैसा रहा। मैं सोच ही रहा था, तुम्हें

आवाज़ देने की।'

'बाबू जी, मां को आवाज़ दीजिए। ज़रूरी बात है।'

'सुनो, रमा। ज़रा बाहर आओ।'

रमा देवी बेटे का नाम सुनकर झटपट कमरे में आईं। 'बोलो बेटा। कोई समस्या है? क्या हुआ?'

'बाबूजी। बात थोड़ी महत्वपूर्ण है। असल में मैं और देविका आपके आराम और आने वाले जीवन को लेकर चिंतिंत हैं। हमें लगता है आप घर में अपना मनपसंद का जीवन नहीं जी पा रहे। कई बार आप हमें निराश और अकेले पड़ गए मालूम होते हैं। मैं भी ऑफिस के कारण आपको समय नहीं दे पा रहा। आशुतोष भी बड़ा हो रहा है। उसके पास तो हमारे लिए भी वक्त नहीं।'

'तू बता बेटा। हमसे कोई अपेक्षा है ? हम कैसे तुम्हारी सहायता कर सकते हैं?' बाबू जी ने भोलेपन में सवाल किया।

'बाबू जी। मेरा दोस्त है रोहित। अपने माता-पिता की स्पेशल रिक्वायरमेंट्स को देखते हुए उसने एक बड़ा अच्छा कदम उठाया है। अब देखिए बाबू जी, इस उम्र में बुजुर्ग जेनरेशन गैप के कारण एडजस्ट नहीं कर पाते। हमें ऐसा लगता है कि उम्र के इस पड़ाव पर बुजुर्ग दम्पति को एक अलग घर या सिस्टम की ज़रूरत होती है। रोहित के पास दूसरा घर नहीं था और किराए के मकान में बुजुर्गों की देखरेख करने वाला कोई नहीं। इसलिए उसने अपने माता-पिता के लिए सत्य राम ओल्ड एज होम में कमरा लेकर दिया है। '

'आदर्श, बेटा हमसे क्या उम्मीद है। तू हमें वहां भेजना चाहता है? ठीक से बता बेटा।' बाबू जी पर माथे पर पसीना ठंडा हो गया।

'बाबूजी, आप समझ रहे हैं कि मैं क्या कह रहा हूं। चलिए एक साथ चलकर सत्य राम के कमरे और सिस्टम देख आते हैं। अगर आपको सूट करे तो मुझे उम्मीद है, वहां हम-उम्र लोगों के बीच आपका जीवन खिल जाएगा। '

उपाध्याय जी ने साइड टेबल पर पड़ा अपना टूटा चश्मा हाथ में ले लिया। लगा जैसे उन्होंने अपना सामान बांधना शुरू किया है।

'बेटा, यह घर तेरा है। मेहनत से तुमने एक मंज़िल और बना ली है। परिवार का मुखिया भी तू ही है। ओल्ड एज होम की जगह अगर हम किराए पर मकान ले लें?'

'बाबूजी इस बारे में मेरी देविका से बात हुई है। खर्चा सेम है और किराए

के मकान में आपको अकेलापन खाएगा। यह वैसा ओल्ड एज होम नहीं है। बुजुर्गों के साथ बर्थ डे मनाने पोते-पोतियां यहां आते हैं। आशुतोष आपसे मिलने हर महीने आएगा। अब जो भी बेस्ट पॉसीबल आप्शन थी, मैंने आपको बता दी। अब आप बताएं।'

रमा देवी अपनी बूढ़ी डबडबाई बूढ़ी आंखों से उपाध्याय की ओर ताकती रहीं।

'बेटा, हमें कुछ दिन का समय देगा या आज ही चलना है। रिश्तेदारों को नहीं बताओगे?' रमा देवी ने बेटे की आंखों की चमक देखते हुए पूछा।

'आप देख लीजिए। आज संडे हैं। अगले संडे तक प्लान बना लेते हैं। सोमवार को मैं और सविता जाकर कमरा देख आएंगे और पेमेंट भी हो जाएगी। रही बात रिश्तेदारों की, तो मां, रिश्तेदार तो घर में आग लगाने के लिए बोला करते हैं। हमें किसी से क्या लेना। आप भी खुश और हमें भी तसल्ली रहेगी। '

'हम आज भी जा सकते है।' अपने बेटे की खुशी के लिए बाबू जी कुछ भी करने को तैयार हो गए थे।

'नहीं बाबू जी।' अब आदर्श को शर्म आ गयी।

'अभी पांच-छह दिन आप तैयारी कीजिए। फर्नीचर नहीं उठाना। केवन कपड़ों का बोझ होगा। बाकी सब उपलब्ध है वहां।'

रमा देवी ने अपने पति टूटा हुआ चश्मा हाथ में ले लिया। जैसे दुर्गा प्रसाद को अकेले नहीं होने का अहसास दिलाया हो।

आदर्श बिना कुछ और कहे ऊपर लौट गया।

'बस बेटा, मैं खुद उठा लूंगा।' दो चार लोहे के बक्सों में उनके कपड़े थे और थैलों में मंदिर से उठाई मूर्तियां। सामान कार की डिक्की में ही पूरा आ गया। आगे की सीट पर आदर्श और देविका। पीछे की सीट पर माता-पिता। रास्ते में आदर्श इस ओल्ड एज होम का गुणगान करता रहा।

आदर्श एडमिशन फार्म भर आया था। 'हमने लिखकर दिया है कि विदेश टूर पर रहने के कारण हम आपको ऐसे ही नहीं छोड़ सकते। यह भी कहा है कि देविका बीमार रहती है।'

'जो तूने कहा और किया, सोच समझकर ही किया होगा बेटा। हमारी खुशी तो तेरी खुशी में ही है।' रमा रो रही थीं।

सत्य राम ओल्ड एज होम का बड़ा सा दरवाज़ा उपाध्याय को कारावास

का मुख्य द्वार लग रहा था। जल्दी-जल्दी सामान रखवाकर आदर्श और सविता वहां से लौट गए थे। आशुतोष को खासतौर से घर पर ही छोड़ा गया था। ओल्ड एज होम के मैनेजर मिस्टर पटेल ने जल्दी से सारी कारवाई की और आदर्श को निश्चिंत रहने के लिए कहा।

उपाध्याय और रमा देवी को कमरे तक छोड़ने खुद पटेल साथ गए।

बेटे और बहू के लौट जाने के बाद उपाध्याय और रमा देवी अपने कमरे में बैठे उधेड़बुन में उलझे थे। चाय के गिलास रखे रह गए। कमरे में किसी चीज़ की कमी तो वैसे नहीं थी। बस यह कमरा उनका अपना नहीं था।

अचानक कमरे की डोरबैल बजी तो उपाध्याय ने सूनी आंखों से दरवाज़े की ओर रुख किया।

'जी कौन।' दरवाज़े पर एक बुजुर्ग को देखकर वे चौंक गए।

'मेरा नाम रंधीर मेहता है। साथ के कमरे में अकेला हूं। पता चला आप आए हैं, तो यूं ही हाल-चाल पता करने आ गया। बच्चे छोड़ गया खुद आ गए ?'

'बस जो भी समझ लीजिए। ' दुर्गा प्रसाद उनकी ओर हैरानी से देख रहे थे।

'मुझे पता है। अभी एक महीना आपको यह जगह पराई लगेगी लेकिन यकीन मानिए, यहां आपके मरने की दुआएं मांगने वाले नहीं हैं। आपके जीने से उन्हें कमाई होगी। आपके मरने से इन्हें पैसा आना बंद हो जाएगा। हा-हा-हा-हा। कम से कम आप एक ऐसी जगह पर हैं जहां किसी को आपकी ज़रूरत है।'

मेहता जी कुछ खरी खटी सुनाकर वहां से चले गए। सच ही तो कह रहे हैं।

संध्या का समय हो रहा था। उपाध्याय और रमा देवी को कमरे की गहरी ख़ामोशी खाने को आ रही थी। उपाध्याय ने चुप्पी का सिलसिला तोड़ते हुए कहा, 'सुनो, संध्या हो रही है, बत्ती जला दो।'

रमा देवी ने उठकर बत्ती का बटन दबाया। बत्ती नहीं थी।

संध्या का अंधेरा गहराता गया।

कॉफी हॉउस

थोड़े टूटे-फूटे, मिट्टी के सफ़ेद कप। उन पर चाय के जिद्दी दाग़। पुरानी मटमैली वर्दी पहने, हाथ में समोसे और डोसे की प्लेटें लिए घूमते बैरे, जो स्कूल छोड़कर नौकरी करने ठेकेदार के पास आए हैं। प्याली भर तेज़ पत्ती चाय के साथ, कॉफी हाउस के टेबल्स पर होने वाली गर्मागर्म बहस का चस्का है बड़ा बुरा।

यहां लड़के भगत सिंह को आदर्श मानते हैं और इंक़लाब ज़िंदाबाद का नारा वे अपने घर से सीखकर आए हैं। हमें दबाकर, आप हमारे विचारों का खून नहीं कर सकते। हर टेबल की बहस का यही मुद्दा है। यूनिवर्सिटी में अपने इंक़लाब की लम्बी उम्र के लिए सवेरे-शाम दुआएं मांगने वाले गर्म ख़ून के लिए यह कॉफी हाउस किसी मंदिर से कम नहीं है।

यूनिवर्सिटी की सड़कों पर बुलेट की धक्-धक् से, कई दिल धक रह जाते हैं। यहां दो चीज़ें तो पक्की हिट हैं - लड़कों का पटियाला पैग और लड़कियों की पटियालवी सलवार।

मूंछ का ताव और पंजाबी जुत्ती। इनके बिना हॉस्टल के कमरे में आईने का होना बेकार है। हर गबरू के पास सफेद कुर्ते पायजामे हैं। यह ख़ास भगत सिंह

लुक के लिए बनवाए गए हैं। हर लड़की की अलमारी में आपको कम से कम एक फुलकारी की कढ़ाई वाली चुन्नी मिल जाएगी।

इन युवाओं के पास चोले हैं। जीन्स और पायजामे के साथ पहनने के लिए। इनकी मांओं ने इन चोलों को गाढ़े बसंती रंग से रंग दिया है। बसंत आने पर तो यह बसंती कुर्ते और भी भाते। लड़कियां भी इन्हें सलवार या चूड़ीदार के साथ पहनकर यूनिवर्सिटी आतीं।

सर्दियों की मीठी धूप में बसंती रंग के गीले चोले शहर की छतों पर बेफिक्री से लहरा रहे हैं। बसंत पंचमी के दिनों में दोपहर को जब मांए इन सूख चुके चोलों को रस्सी से उतारकर भीतर ले जाती है, तब गबरू आसमान में मौज से उड़ती पतंगें काटने छत पर आ जाते हैं। कुछ घरों में अब भी मिट्टी का चूल्हा जलता है। केवल कढ़ी और साग पकाने के लिए।

लाल रंग के पंजाबी सूट पहने 8–10 लड़कियों का एक टोला हॉस्टल से कैम्पस की ओर जा रहा है। रैगिंग करने वाले सीनियर्स ने हर सोमवार लाल सूट पहनने को कहा है। उधर, लडके लुंगी पहने नज़र आए। नया सेशन शुरू हो गया है। कॉफी हाउस में बैरों को नए चेहरे देखने मिलेंगे। सेशन के शुरू में यह लोग ज़िद्दी छींटों वाला चाय का गंदा कप लौटा देंगे। धोने के बाद कप और ज्यादा गीला और बदबूदार हो जाएगा।

और इस तरह नए बैच को गंदे टूटे कप में चुस्कियां लेकर चाय पीने की लत पड़ जाएगी। यह इस साल की पनीरी है। या तो यह लोग अपने सामान में हॉस्टल की दीवार पर लगाने के लिए भगत सिंह का कैलेंडर साथ लेकर आए हैं। या फिर अगर नहीं लाए तो यूनिवर्सिटी के गेट के सामने छोटी सी दुकान वाले बाबा जी से खरीद लेंगे। कुछ के कमरे में पहले से ही यह तस्वीर मौजूद है। उतारते समय फट जाने के डर से, पिछले बैच के स्टूडेंट्स उसे दीवार पर ही छोड़ गए।

विभिन्न डिर्पाटमेंट्स के प्रोफेसर शुरू-शुरू में सख़्त नज़र आएंगे। धीरे-धीरे प्रोफेसर अपने स्टूडेंट्स के दोस्त बन जाएंगे। और बाद में कॉफी हॉउस में स्टूडेंट्स के साथ बैठकर अपनी गर्ल फ्रेंड्स के किस्से सुनाते देखे जांएगे। ठहाकों का यह दौर कब खत्म हो जाता है, इसका आभास नहीं होता।

कैम्पस पर एडमिशन लेने के बाद ज़िद्दी सपने इंकलाब की गलियों में घुस जाते हैं। फेरा लम्बा है। कुछ को यूनियनबाज़ी का चस्का है और कुछ को

पंजाबी फिल्मों में छोटे-छोटे रोल मिल रहे हैं। कुछ ऐसे भी हैं जो पॉलिटिक्स और यूनियनबाज़ी के चक्कर में सालों कैम्पस पर मुड़ मुड़कर आते रहे। कुछ पीएचडी के नाम पर पांच साल हॉस्टल के कमरों में रहते रहे। कुछ ने थियेटर डिपार्टमेंट वाले चीमा बाई के लिखे और अपनी गाई, गीतों की पंजाबी टेप निकाली।

पनीरी के कुछ ही बीज फलदार वृक्ष बनते हैं। इनमें से चुनिंदा सिविल्स क्लीयर करके अफसरशाह हो गए। बाकियों के लिए कॉरपोरेट और प्राइवेट सेक्टर। बेरोज़गार, बार-बार मुड़कर यूनिवर्सिटी आते रहे। धीरे-धीर प्रोफेसर उनसे कन्नी काटने लगे, यूनियन में नए चेहरे आ गए और वे थककर कैम्पस आना छोड़ गए। अंततः किसी ने बिजनेस किया और कुछ मॉडलिंग में निकल गए। ये बात और है कि मॉडलिंग की दो असाइनमेंट्स के बाद ही फितूर उतर गया। मॉडल बनने के लिए एजेंसी को पैसा देना पड़ा और वसूल हुआ नहीं।

प्रोफेसर डॉ. हरिंदर सिंह ग्रेवाल अपनी ताज़ी पनीरी देख रहे थे। इनमें से कौन कॉरपोरेट सेक्टर जा सकता है, किसे सरकारी ढांचा सूट करेगा, कौन अपनी प्रैक्टिस करेगा। लड़कियों में कौन लॉयर बनेगी और कौन केवल शादी करने के लिए एलएलबी डिग्री लेने आई हैं। डॉ ग्रेवाल इंटरनेशनल लॉ के प्रोफेसर होने के साथ-साथ यूनिवर्सिटी में लॉ डिर्पाटमेंट के हैड भी हैं। इन्हें हॉस्टल में रह रहे स्टूडेंट्स के जीवन में अधिक रुचि है। इन स्टूडेंट्स का जीवन पूर्णतः यूनिवर्सिटी से जुड़ा है। डॉ. ग्रेवाल का घर भी लॉ डिपार्टमेंट से थोड़ी दूर यूनिवर्सिटी कैम्पस में ही था। पहला एक हफ्ता बातों में गुज़र गया। एक इन्ट्रोडक्टरी सेशन में डॉ. ग्रेवाल ने अपने स्टूडेंट्स के नाम पूछे। क्लास को कुछ किताबों के नाम लिखवाए और बस इस तरह एक महीना बीत गया।

बीच की कोई तारीख चुनकर स्टूडेंट्स डॉ. ग्रेवाल के साथ कॉफी हाउस में चाय पीने जाते। उनके जन्मदिन पर स्टूडेंट्स ने कॉफी हाउस जाकर कॉफी के साथ समोसे भी खाए।

राजनीति के ज्यादातर चेहरे लॉ. डिर्पाटमेंट से उभरते हैं।

डॉ. ग्रेवाल ने अपने स्टूडेंट्स के नाम एक रजिस्टर में उतार लिए थे। यह रजिस्टर डिपार्टमेंट में उनके कमरे की टेबल पर पड़ा रहता है। जल्द ही हर बैच के स्टूडेंट्स की तरह यह बैच भी डॉ. ग्रेवाल का फैन हो गया। हॉस्टलर्स के लिए ख़ास अपना मोबाइल नम्बर उन्होंने क्लास में दे रखा था, कोई दिक्कत हो

तो स्टूडेंट्स उनसे बात कर सकते थे। कुछ लड़के घरों से बुलेट पर डिपार्टमेंट आते। हॉस्टलर्स ने अपने घरों से मोटर साइकिल मंगा ली थी।

लड़कियां मूट सेशन को लेकर अधिक उत्साहित रहतीं।

अपने बैच के साथ डॉ. ग्रेवाल को बसंत मनाना बहुत भाता। लड़कियां पीले सूटों में क्लास अटैंड करने आती। कुछ परांदा भी पहन आतीं। बैच में से कुछ स्टूडेंट्स प्रोफेसर के अधिक करीब हो गए थे। सेशन कम्पलीट होने पर यह स्टूडेंट्स अपने घरों को लौट जाएंगे। और फिर डॉ. ग्रेवाल को इनकी याद आएगी।

तीन साल की यह डिग्री कब कैसे कम्पलीट हो जाती है, इसका अहसास नहीं होता। डॉ. ग्रेवाल अकसर अपने साथी प्रोफेसर डॉ. भारती के साथ कॉफी हाउस आया करते। अपने बैच को चाय की प्यालियां टकराते देख उन्हें अपने दिनों की याद आती। जब वह इस कैम्पस में पढ़ा करते थे, तब भगत सिंह के किस्से अभी ताजा थे। डॉ. ग्रेवाल की क्लास के 50 परसेंट लड़के और लड़कियां कैम्पस पॉलिटिक्स में शामिल हो गए थे। इस ग्रुप की दोस्ती जर्नलिज्म डिपार्टमेंट के स्टूडेंट्स से हो गई थी। वीसी ऑफिस के सामने जब धरना होता तब इनकी ख़बरें कैम्पस जॅर्नल के पहले पन्ने पर हुआ करती। साथ में फोटो भी।

कैम्पस जर्नल इनके लिए टाइम मैग्ज़ीन से कम नहीं था।

दूसरे साल तक पहुंचते-पहुंचते डॉ. ग्रेवाल और स्टूडेंट्स घुल-मिल गए। स्टूडेंट्स अपनी निजी समस्याएं भी डॉ ग्रेवाल से डिस्कस करने लगे थे। कुछ को अपने माता-पिता कसाई लगते और कुछ एमबीए और इंग्लिश डिपार्टमेंट की लड़कियों के प्यार में पड़ गए थे। जिन्हें इन्सोमेनिया था उन्हें डॉ. ग्रेवाल रात को गर्म दूध में चीनी डालकर पीने की सलाह दिया करते।

कैसे तीसरे साल की फाइनल एग्जाम सिर पर आ गए, पता ही नहीं चला। एक फेयरवेल पार्टी और देखते ही देखते यह बैच भी पास आउट हो गया। यह बात और है कि कुछ ज़िद्दी मुंडे हॉस्टल में कमरे के लिए एमएलए की सिफ़ारिश लेकर आ गए। उन्हें एक और साल के लिए कमरा मिल गया। रिसर्च स्कॉलर होने के नाम पर।

दो स्टूडेंट्स जिन्होंने पंजाबी गानों की टेप निकाली थी, उनमें से एक ने थियेटर डिपार्टमेंट में एडमिशन ले लिया और दूसरा अपने चाचा के पास मुंबई चला गया।

डॉ. ग्रेवाल ने इस बैच का अटैंडेन्स रजिस्टर अपनी अलमारी में रख दिया। इस रजिस्टर के नीचे बीते सालों के कई रजिस्टर रखे हैं। डॉ. ग्रेवाल इन रजिस्टर्स को रद्दी में नहीं दे पाते।

नए बैच के लिए एन्ट्रेंस टेस्ट का नतीजा देखकर बच्चे अपने घरों को लौटे हैं। शाम हो चली है। इनके घरों छतों पर धुले हुए, लहराते बसंती चोले अब पहनने के लिए तैयार है। इनकी मांओं ने उन्हें रस्सी से उतारकर नीचे घर की ड्योढ़ी में रख दिया है, अगली सवेर के लिए।

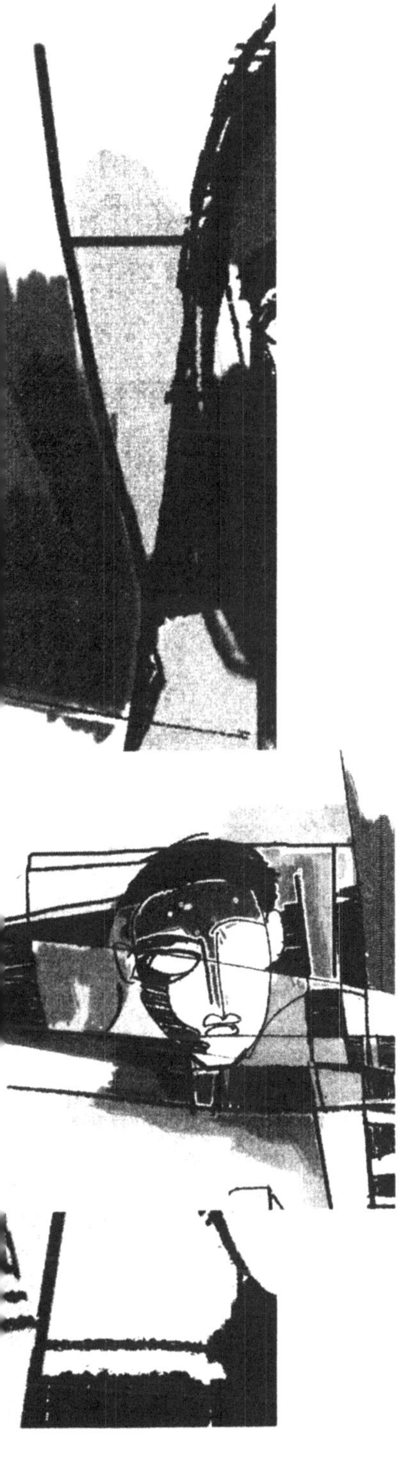

स्वीट सन

'पोस्टमैन!'

बाहर से आए स्वर को सुनकर, भीतर बरामदे में कुर्सी पर बैठे अरविंदो चौंक गए।

'साध्वी, साध्वी सुनो, देखना तो डाकिया आया है बाहर। व्योम का पत्र लाया होगा। कुर्सी पर बैठे-बैठे अरविंदों ने आवाज़ दी।' अंतिम पंक्ति बुड़बुड़ाई। रसोईघर से उनकी पत्नी अपनी बार्डर वाली साड़ी से हाथ पौंछती बाहर आई। दरवाज़ा खोलते हुए बोली

'क्या लाए हो भाई? पत्र है? व्योम ने.....'

'नहीं माता जी, पत्र होता तो आपको आवाज़ देकर रुकता नहीं। बाहर लैटर बॉक्स में डालकर चला जाता। यह रजिस्ट्री भेजी है व्योम बाबू ने।' डाकिए ने पेन आगे बढ़ाते हुए कहा। साध्वी साइन करने के बाद रजिस्ट्री लेकर अंदर आ गई।

'क्या है साध्वी?' अरविंदो के स्वर में उत्सुकता थी।

'रजिस्ट्री क्या, यह तो चेक भेजा है व्योम ने।'

'कितने का? कुछ लिखा नहीं?' अरविंदो परेशान से हो गए।

'पचास हज़ार रुपए किए हैं हमारे नाम। कोई पत्र नहीं भेजा।' साध्वी ने बेरुखी से चेक को मेज़ पर रखे फूलदान तले दबा दिया और वपिस रसोईघर की ओर हो गई।

'दो रविवार बीत गए, कोई फोन भी नहीं आया व्योम का। साध्वी मैं सोचता हूं हम ही फोन कर लें।' अरविंदो ने कहा।

'कोई बात नहीं, परसों रविवार ही तो है। अगर उसने फोन नहीं किया तो हम कर लेंगे।' साध्वी ने जैसे सांत्वना देते हुए कहा।

अरविंदो दास मुखर्जी अभी डेढ़ साल पहले ही कलकत्ता विश्वविद्यालय से समाजशास्त्र के प्रोंफेसर के पद से रिटायर हुए हैं। प्रोफेसर मुखर्जी एक शांत, सरल एवं सौम्य स्वभाव के संवेदनशील व्यक्ति हैं। अधिकतर मांड़ लगा सफेद कुर्ता पायजामा पहनने वाले प्रोफेसर की नाक पर आज भी दो दशक पुराने फैशन का मोटा सा काले फ्रेम वाला चश्मा चढ़ा रहता है। उनकी पत्नी साध्वी मुखर्जी एक सुलझी हुई गृहिणी हैं। शादी के बाद कई वर्ष पहले साध्वी ने एक लाइब्रेरी में नौकरी भी की पर बेटी श्रावणी के जन्म के बाद उन्होंने निर्णय लिया कि वह नौकरी नहीं करेंगी। घर पर ही रहेंगी और अपने बच्चों की अच्छी परवरिश करेंगी, उन्हें जीवन मूल्य देंगी, ढेर सारे वक्त के साथ। साध्वी ने अपने लक्ष्य प्राप्त कर लिया था। बच्चों को बहुत कुछ दिया, जो शायद उनके विचार में वह नौकरी करते हुए न दे पातीं। बेटी श्रावणी ने कंप्यूटर साइंस में पोस्ट ग्रेजुएशन करने के बाद एक अच्छी कंपनी में नौकरी कर ली। प्रोफेसर ने बेटी का ब्याह जमशेदपुर के एक खानदानी व्यापारी घर में कर दिया। प्रोफेसर बेटी का ब्याह रिटायरमेंट से पहले कर लेने पर बहुत खुश थे, संतुष्ट थे। जहां तक बेटे व्योम की बात है तो वह एक बहुत महत्वाकांक्षी युवक है। व्योम ने कलकत्ता के इंजीनियरिंग कॉलेज से फर्स्ट क्लास में कैमिकल इंजिनियरिंग की डिग्री ली।

प्रोफेसर फिर से प्रसन्न हुए, संतुष्ट हो गए। पर व्योम, वह कतई संतुष्ट न था। व्योम ने अपनी इच्छा जताई, वह इंगलैंड की ऑक्सफोर्ड यूनिवर्सिटी से एमबीए की डिग्री लेना चाहता था। प्रोफेसर बेटे की बात सुनकर स्तब्ध रह गए। यूं तो प्रोफेसर का स्वभाव था ही संवेदनशील, उस पर अपने बच्चों को वे ज़रा भी उदास नहीं देख सकते थे। फिर भी उन्होंने कड़ाई से न कर दी। व्योम ने सारा दिन पिता की मिन्नतें कीं, विदेशों में पढ़ रहे अपने दोस्तों के उदाहरण दिए, विदेशी डिग्री के लाख फायदे गिनाए। व्योम ने इंग्लैंड जाकर पढ़ने के खर्चे आदि के बारे में भी एक एजेंसी के माध्यम से सब पता कर रखा था। सारी जानकारियां उसने अपनी डायरी में उतार रखी थीं। यहां तक कि प्रवेश परीक्षा की तैयारी में वह पहले से ही जुटा था। प्रोफेसर राज़ी न हुए। सोचा, एक ही बेटा वह भी सात समंदर पार, मेरी आंखों से दूर। साध्वी भी एकबार तो भड़क उठी थी। साफ़ इनकार कर दिया। व्योम आकाश से धरती पर आ गिरा। प्रोफेसर व्योम की विदेशी पढाई का खर्चा वहन कर सकते थे। उन्होंने नौकरी के दौरान इतना पैसा तो जमा कर ही लिया था कि दोनों बच्चों की शादियों और पढ़ाई पर खुलकर खर्च कर सकें। बच्चों की हर इच्छा पूरी करना चाहते थे। पर विदेश नहीं।

व्योम उस दिन सारी शाम लापता रहा। हुगली के किनारे घंटों रोता रहा। देर रात घर लौटकर आया और बिन भोजन किए सो गया। प्रोफेसर तो थे ही मोम के पुतले, पिघल गए। बेटे को एक दिन भी उदास न देख सके। मान गए। व्योम को हज़ारों रुपए महीने पर ट्यूशन रख दी। प्रवेश परीक्षा की तैयारी में कोई कमी न छोड़ी। व्योम छह महीने बाद इंग्लैंड में था।

आज व्योम को गए तीन साल से अधिक हो गए हैं। उनके जाने के बाद काफी कुछ बदल गया। प्रोफेसर रिटायर हो गए। सरकारी नौकरी के साथ सरकारी मकान भी बदलना था। अब साध्वी और अरविंदो अपने खुद के बनाए पांच कमरों वाले मकान में अकेले रहते हैं। नौकरी के दौरान जब प्रोफेसर ने यह मकान बनाना शुरू किया था तो अक्सर वे चारों इस जगह आकर तरह-तरह की योजनाएं बनाते। हमेशा की तरह श्रावणी और व्योम में इस बात को लेकर मीठी सी नोक-झोंक होती कि बड़ी खिड़की वाला कमरा किसका होगा। प्रोफेसर बेहद खुश होते। मग्न हुए बच्चों को देखते। सपना देखते कि वे चारों जब इस मकान में आएंगे तो हर दिन एक उत्सव बन जाएगा। पर बेटी श्रावणी की शादी के बाद प्रोफेसर बेटी से अलग हो गए और व्योम की महत्वाकांक्षा उन्हें बेटे से दूर ले

गई। अब वे पांच कमरों में दो ही जन हैं। बड़ी खिड़की वाला कमरा खाली पड़ा है।

जब व्योम ने एम बी ए की पढ़ाई खत्म कर ली तो प्रोफेसर ने व्योम से इंग्लैंड में फोन पर लम्बी बात की थी।

'बाबूजी, मैं अभी वापिस नहीं आ पाऊंगा।' व्योम ने हिचकिचाहट भरे स्वर में पिता को वापस न आने की सूचना दी।

'पर क्यों? तेरी पढ़ाई ख़त्म हो गई। तो अब वहां क्या है?' शंका और भय ने प्रोफेसर को घेर लिया।

'बाबूजी, मुझे यहां नौकरी मिल गई है।' व्योम के उत्तर ने प्रोफेसर ने जड़ कर दिया।

'नौकरी? नौकरी क्या खुद चलकर आई थी? तून अप्लाई क्यों किया? तूझे तो केवल विदेशी डिग्री चाहिए थी न व्योम?'

'पर बाबूजी मैंने अप्लाई नहीं किया था। वो, मैं तो कैम्पस इंटरव्यू में सिलैक्ट हो गया।'

'पर तूने कैम्पस इंटरव्यू में भाग क्यों लिया व्योम? मुझे बस कुछ नहीं सुनना। तू बता, कब लौट रहा है?'

'बाबूजी, मेरी बात तो सुनिए कितना पैसा बहा दिया आपने इस डिग्री पर। भारत में सिर्फ कुछ हजार रुपए महीना कमा पाऊंगा। और यहां टॉप कंपनी मुझे शुरुआत में ही अच्छा खासा मेहनताना दे रही हैं। उस पर कार और मकान भी।' व्योम उत्साहित था।

'पैसा! व्योम ज्यादा पैसे कमाने के लिए तू हमसे इतनी दूर रहेगा ?' प्रोफेसर के गले में शब्द अटक से गए।

'आप ऐसा क्यों सोचते हैं। बस एक साल की तो बात है फिर मैं आप दोनों को भी यहां बुला लूंगा।' व्योम के लिए यह बस कहने की बात थी।

'और हमारी बेटी ? श्रावणी। उसे यहां भारत नें बिन माता-पिता छोड़ आए हम ?'

व्योम की ज़िद के आगे प्रोफेसर फिर झुके। व्योम ने इंग्लैंड में ही नौकरी कर ली। प्रोफेसर का लाड़ला उनसे दूर रहने लगा। अब व्योम बहुत व्यस्त रहता है। उसने माता-पिता को प्रतिदिन फोन करने में असमर्थता जताई। अब माता-पिता और बेटे में एक समझौता सा हो गया, कि व्योम हर रविवार रात को फोन करेगा।

पिछले एक साल से हर रविवार उसका फोन आ जाता है। प्रोफ़ेसर को कभी फोन करने की आवश्यकता नहीं पड़ीं। कोई सूचना होती तो व्योम को रविवार को ही बताया जाता।

साध्वी और प्रोफेसर रविवार का इंतज़ार सोमवार सुबह से ही शुरू कर देते। रविवार अब सदियों की दूरी पर लगने लगा था।

पर अबकी दो रविवार बीत गए, व्योम का कोई फोन नहीं आया। बस हर महीने मिलने वाला व्योम का चेक उन्हें मिल गया था। मनी ट्रांसफर से भी पैसे आ जाया करते। प्रोफेसर ने इस रविवार ख़ुद फोन करने की सोची। हालांकि बेटे की व्यस्तता से वह भयभीत से रहते।

'हैलो। हैला. व्योम। मैं .....मैं बोल रहा हूं। हैलो।'

'क्या हुआ उसकी तबीयत तो ठीक है ?' मां का मन शंका से घिर गया। प्रोफेसर ने साध्वी को हाथ दिखाकर चुप रहने के लिए कहा।

'हां व्योम। बेटा कैसे हो? तबीयत ठीक है न? फोन नहीं आया तुम्हारा।'

'हां बाबूजी मैं ठीक हूं। व्यस्त था सो फोन न कर सका। पर आपको फोन करने की क्या ज़रूरत पड़ी। यहां इस समय भारत की तरह रात नहीं है। मैं अभी ऑफिस में हूं।' व्योम ने समाजशास्त्र के रिटाएर प्रोफेसर को सामान्य ज्ञान से अवगत करवाया।

'हां बेटा, मालूम है। पर तू बात कर लिया कर।' प्रोफेसर गिड़गिड़ाए।

'हां, वो ठीक है। आपको मेरा चेक मिला ?'

'हां व्योम, मिल गया।'

'हां तो फिर ठीक है। आपको पैसे मिल गए, बस और क्या ? और देखिए अब से अगर मैं कभी फोन न कर पाऊं तो समझिएगा, मैं ठीक हूं। व्यस्त चल रहा हूं।'

'ठीक है पर हम....।' प्रोफेसर बेटे की बात सुनकर सोच में डूब गए। फिर गंभीर होकर कहा, 'व्योम, बेटा तेरी वापसी का क्या इरादा है? तीन साल हो गए, तेरा चेहरा देखे। तू तो काम में उलझता चला जा रहा है। बस कमा लिया पैसा। वापिस आजा बेटा।' प्रोफेसर का गला रुंध गया।

'बाबूजी फिर वही बात। और हां मैं कुछ दिनों में आपके लिए टिकटें भिजवा रहा हूं। यहां आइएगा। हमेशा के लिए न सही पर घूमने तो आ सकते हैं। श्रावणी और जीजा जी के लिए बंदोबस्त कर रहा हूं। और रही बात चेहरा देखने की, तो

इतनी सारी तस्वीरें तो भेजता रहता हूं।'

बेटे के इरादों ने प्रोफेसर और साध्वी को निराश कर दिया। साध्वी सारी रात सुबकती रही। प्यारा बेटा कितनी दूर चला जा रहा है। अगले दिन सुबह की चाय के साथ प्रोफेसर ने व्योम से हुई सारी बात स्पष्ट की और साध्वी से राय मांगी। साध्वी ने निर्णय दिया कि वे दोनों लंदन जरूर जाएंगे। उसे विश्वास था कि एक बार वहां जाकर वह बेटे को जरूर मना लेगी और शायद साथ ही घर भी ले आए।

एक महीने तक व्योम की ओर से कोई फोन या पत्र नहीं आया। प्रोफेसर उदास रहने लगे। उनका सारा समय व्योम के बचपन की तस्वीरों और उसकी पुरानी इंजीनियरिंग की किताबों के बीच बीतता। पुत्र वियोग प्रोफेसर को खोखला करता जा रहा था।

दोपहर के खाने की मेज़ पर बैठे साध्वी और प्रोफेसर खाना खाने ही लगे थे।

'पोस्टमैन।' दोनों ने उठकर दरवाज़े की तरफ बढ़ गए।

'नमस्ते माता जी। यह व्योम बाबू ने पार्सल भेजा है।' डाकिए ने उनकी उत्सुकता और बढ़ा दी थी।

'पार्सल ? इसमें तो कुछ कागज़ मालूम पड़ते हैं।' साध्वी ने एक ख़ाकी रंग के लम्बे से लिफ़ाफ़े को हाथ में लेकर पलटा।

'हां माता जी। शायद आर्डिनरी पत्र के इधर-उधर हो जाने के डर से ऐसा किया होगा।' डाकिया साइन लेकर चला गया।

प्रोफेसर उत्सुकतावश लिफ़ाफ़ा खोलने में लग गए। यह दो लाख रुपए क्यों जमा करवाए हैं व्योम ने। प्रोफेसर हैरान हो रहे थे।

'पता नहीं, पर मेरा मन कहता है कि इस लिफ़ाफ़े में हमारी टिकटें होंगी। शायद इसीलिए रुपए ज्यादा भेज दिए हों।' साध्वी ने कहा तो प्रोफेसर उछलते हुए बोले, 'हां तुम ठीक कहती हो। हमारी टिकटें आ गईं।' प्रो़फ़ेसर ने लिफ़ाफ़े से दो आसमानी रंग की लम्बी टिकटें निकाली। साथ में एक सफ़ेद रंग का कार्ड भी था।

'मिस्टर एंड मिसेज अरविंदो दास मुखर्जी।'

प्रो़फ़ेसर ने तेज़ी से कार्ड खोला। भीतर सुनहरे रंग से लिखा था-

व्योम मुखर्जी एंड डोरेथी कॉरडियली इनवाइट्स यू एज व्योम वैड्स डोरेथी।

व्योम मुखर्जी एवं डोरेथी आपकी अपने विवाह के सुअवसर पर आमंत्रित करते

हैं।

दर्शना भिलाषी (आर.एस.वी.पी)

हमारा प्यारा बेटा (अवर स्वीट सन)

जॉन मुखर्जी

नेमप्लेट

डॉ. आलोक पांडे रुटीन के पक्के हैं। उम्र यही कोई 55 वर्ष। सुब्रह छह बजे की सैर से रात डिनर के बाद टलहने तक, उनके दिन में कुछ भी इधर से उधर नहीं होता। अपने जीवन को मर्ज़ी से जीने के लिए उन्होंने अच्छी बड़ी सरकारी नौकरी त्याग दी। वे इकोनोमिक्स में पी.एच्र.डी. हैं और एक किताब भी लिखी है। चंडीगढ़ के पास पंचकूला में बड़ी कोठी है। बेटा राघव एमबीए कर रहा है और बेटी इंदिरा ने हाल ही में एलएलबी में एडमिशन लिया है। डॉ. पांडे की पत्नी ललिता आठ साल पहले असमय मृत्यु को प्राप्त हो गईं थी। उन्हें कोई लंबी बीमारी नहीं थीं, उनका ट्रायफाइड बिगड़ गया था।

जैसा कि स्वभाविक है, बच्चे राघव और इंदिरा अपनी मम्मी को बहुत मिस किया करते। ललिता के जाने के बाद डॉ. पांडे के जीवन में जो सूनापन आ गया था, उसकी कोई भरपाई नहीं थी। बच्चे बिज़ी हो गए थे, जिस उम्र में जीवनसाथी की ज़रूरत होती है, तब वह अकेले पड़ गए। उन्होंने ललिता की मृत्यु के बाद नौकरी छोड़ दी। ईश्वर का दिया सब है, घर-संपत्ति। हरियाणा में अपने गांव रामराय में ज़मीन है। लेकिन ललिता की

कमी उन्हें बेहद अखरती। लाख कोशिश करने पर भी अक्सर त्योहारों पर ललिता को याद करके उनकी आंखें छलक आती। राघव और इंदिरा कोशिश करते कि पापा उदास नहीं हों लेकिन डॉ. के दुख की कोई दवा नहीं थीं।

अपने पापा की तरह, राघव और इंदिरा के बहुत अधिक दोस्त नहीं थे। बगल वाले घर के चेतन से राघव की अच्छी दोस्ती थी। इंदिरा भी इस दोस्ती का हिस्सा थी। चेतन और राघव एक साथ एमबीए कर रहे थे और अक्सर एक ही बाइक पर यूनिवर्सिटी जाया करते। चेतन की मां लता तलाकशुदा गृहिणी हैं। तलाक को सालों बीत चुके हैं। जिस घर में मां बेटा रहते हैं, यह असल में चेतन के नाना का घर है। छह साल से लता इस घर में रह रही हैं। इससे पहले किराए पर रहा करते थे लेकिन क्योंकि चेतन के मामा लंदन में सैटल हो गए हैं और यह घर खाली था तो उनके परिजनों ने उन्हें यहां आकर रहने की सलाह दी। इसे लता ने मान लिया और चेतन के साथ यहीं शिफ्ट हो गई। अपनी मम्मी को खोने के बाद जो टीस राघव और इंदिरा के मन में थी, वही दुख चेतन के दिल में अपनी मां को लेकर था, जिन्हें उसका पिता तलाक देकर कैनेडा चला गया था और वहां किसी अन्य महिला के साथ रहने लगा था। यह बहुत साल पहले की बात है।

डॉ. पांडे अपने परम मित्र प्रकाश के साथ एक छोटा कारोबार करने का मन बना रहे हैं। राघव और इंदिरा ने अपने पापा को इन्करेज किया और डॉ. पांडे ऑफिस जाने लगे। दोनों दोस्तों ने एक ऑफिस लेकर वहां चार्टर्ड अकांउटेंसी का काम कर लिया। उन्होंने यह बिजनेस टाइम पास करने के लिए किया था। दोनों स्ट्रैस फ्री रहना चाहते थे। डॉ. पांडे चार पांच घंटे के ऑफिस के बाद घर आ जाया करते। राघव और इंदिरा अक्सर फिल्म देखने मल्टीप्लैक्स जाया करते। अपने पापा को वह लाख मिन्नत करने के बाद भी साथ नहीं ले जा पाते। उधर, एक साथ पढ़ने के कारण राघव और चेतन में पक्की दोस्ती हो गई थी। अक्सर तीनों एक साथ फिल्म देखने का प्लान बनाने लगे। डॉ. पांडे को चेतन बहुत प्यारा लगता है। इंदिरा, राघव और चेतन ने एक साथ शिमला जाने का प्लान बनाया। राघव और इंदिरा जब शिमला जाने की इजाज़त लेने अपने पापा के पास आए। पता चला कि चेतन को जाने की परमीशन मिल गई है, सुनते ही डॉ. पांडे ने बच्चों को शिमला जाने की इजाज़त दे दी। दो दिन की छोटी सी यात्रा मानो तीनों के लिए वर्ल्ड टूर जैसी थी। और फिर अपनी कार में जाने का मजा ही

अलग है। तीनों हसंते-गाते शिमला रवाना हो गए।

रात के आठ बज रहे थे। डोर बैल बजी। दरवाज़े पर चेतन की मम्मी खड़ी थीं। वे हांफ रही थीं। जैसे दौड़कर आ रही हों।

'अरे आप भीतर आएं। क्या बात है, आप ठीक है?' डॉ. पांडे ने भांप लिया था कि चेतन की मम्मी की तबीयत ठीक नहीं है।

'डॉ. पांडे, मुझे चेतन का मोबाइल नहीं मिल रहा। जाने क्यों उसका फोन बंद है। प्लीज़ आप किसी तरह से मेरी चेतन से बात करवाइए।' उन्होंने चिंतित होते हुए कहा।

'हां हां, बात तो हो जाएगी। लेकिन बताइए तो कि आप इतनी घबराई हुई क्यों हैं। सांस भी नहीं ले पा रही। ज़रा घर के भीतर तो आएं। एक मिनट बैठिए। मैं पानी लेकर आया।' कहकर डॉ. पांडे पानी लाने गए। लता बेतहाशा सांस लेने की कोशिश कर रहीं थीं।

'आपको अस्थमा तो नहीं?' डॉ. पांडे ने पूछा तो उन्होंने 'हां' में सिर हिला दिया।

वे बोल नहीं पा रही थीं।

'चलिए, आपको डाक्टर के पास ले जाना पड़ेगा।' इतना कहकर डॉ पांडे ने नौकर चंदू को दरवाज़ा लगाने के लिए आवाज़ दी। कार की चाबी और बटुआ उठाकर वे बाहर की ओर चल दिए। लता चल नहीं पाई, डॉ. पांडे उन्हें सहारा देकर कार तक गए। अस्पताल एमरजेंसी में डॉक्टर्स ने बताया कि लता को अस्थमा अटैक आया है। दो इंजैक्शन्स के साथ एक दम आराम लाने के लिए दवा दी गई। घर लौटने तक लता कुछ संभल गईं।

'देखिए, आपकी तबीयत ठीक नहीं है। चेतन को बताया तो वह घबरा जाएगा और फिर कल सुबह तक बच्चे आ ही जाएंगे। आप चाहें तो कृपया हमारे गेस्ट रूम में आज रात रुक जाएं।' डॉ. पांडे ने कह तो दिया था पर उन्हें मालूम था कि लता अपने घर ही रहेंगी।

'थैंक्यू डॉ. पांडे। आपने बहुत मदद की। अब मैं कुछ ठीक हूं और अपने घर पर ही रहूंगी। समस्या हुई तो आपको बता दूंगी।' इतना कहकर वे चली गईं लेकिन डॉ. पांडे को चिंता में नींद नहीं आई। अकेली महिला के लिए जीवन कितना कठिन है। हालांकि उम्र अधिक नहीं थीं लेकिन बुरे हालात सहने की वजह से वह मानसिक रूप से थक गईं सी लगती हैं।

अगले दिन मार्निंग वॉक पर जाने से पहले डॉ. पांडे ने लता के घर की डोर बेल बजाई। लता बाहर आईं।

'नमस्ते आईए आईए।'

'मैं तो मार्निंग वॉक के लिए जा रहा था। आपका हालचाल पूछने आया हूं। कल तो मैं घबरा गया था। अच्छा किया आप हमारे घर आ गईं।'

'आपकी सहायता से ही मैं संभल गई। कई साल बाद इस तरह का अस्थमा अटैक हुआ। असल में चेतन से कभी दूर नहीं रही। एंट्रेस एग्जाम देने शहर से बाहर गया, तब भी मैं साथ गई थी।'

'हां, मैं समझता हूं।' डॉ. पांडे ध्यानपूर्वक लता की ओर देख रहे थे।

'मैं चाय बनाकर लाती हूं। सुबह-सुबह चाय तो पिएंगे?'

लता ने कहा तो डॉ. पांडे ने उनका चाय का प्रस्ताव स्वीकार लिया।

इधर-उधर की बातें होती रहीं। इस दौरान डॉ. पांडे ने लता को बताया कि अपनी पत्नी ललिता के जाने के बाद वह बहुत अकेले हो गए और अगर बच्चे न होते तो जीवन संभव ही नहीं था।

बातचीत और चाय में एक घंटा बीत गया डॉ. पांडे ने समय देखा तो वॉक कैंसल की ओर घर चले आए। दोपहर तक बच्चों के लौटने का समय भी हो गया था। वापिस आने पर चेतन को पता चला कि उसकी मम्मी की तबीयत बिगड़ गई थी और पांडे अंकल उन्हें अस्पताल लेकर गए। चेतन, राघव और इंदिरा को आभास हुआ कि उनके पेरेंट्स आपस में थोड़ा घुलमिल गए थे। लता इसे दोस्ती मानने को तैयार नहीं थीं। उनके लिए तो यह एक अच्छे पड़ोसी का फर्ज है। हालांकि वह डॉ. पांडे के स्वभाव से काफ़ी प्रभावित थीं। इतने सालों में डॉ. पांडे से कभी ढंग से बात ही नहीं हुई।

आख़िरकार, चेतन की मम्मी ने घर से बाहर नहीं निकलने की आदत बदल डाली। अब वह रोज़ शाम को लॉन में पौधों को पानी लगाती और इस दौरान साथ वाले घर के लॉन में बैठे डॉ. पांडे से बातचीत भी हो जाती। एक बार बच्चों ने मॉल पर शॉपिंग का प्लान बनाया और ज़िद करने पर चेतन की मम्मी और राघव - इंदिरा के पापा को भी साथ चलना पड़ा। क्योंकि दो दिन बाद लता का जन्मदिन था इसलिए पांडे परिवार की ओर से उनके लिए एक साड़ी खरीदी गई। इतने सालों बाद कोई तोहफा और खुशी के कुछ पल मिलने पर लता की आंखें छलक आईं। पता नहीं उन्हें कौन याद आया कि वह रो पड़ीं। चेतन, राघव और

इंदिरा ने उन्हें खुश करने के लिए क्या-क्या तमाशे किए, जिनका कोई जवाब नहीं। डॉ. पांडे यह सब देखकर यादों में कहीं डूब गए थे। उन्हें एक करवाचौथ की याद आई, जब ललिता को उन्होंने साड़ी तोहफे में दी थी। धीरे-धीरे बच्चों की दोस्तियां निभाते निभाते डॉ. पांडे और लता आपस में दोस्त बन गए। हर संडे चेतन के घर से कभी गर्मा-गर्म कढ़ी तो कभी पनीर की सब्ज़ी आने लगी।

डॉ. पांडे ने दीवाली वाली शाम चेतन और उसकी मम्मी को अपने घर आमंत्रित किया। सभी ने त्योहार पर एकसाथ मिलकर दीये जलाए और खाना खाया।

जीवन ने एक अजीब लेकिन खूबसूरत मोड़ ले लिया था। चेतन की मम्मी और राघव व इंदिरा के पापा अब रोज़मर्रा की बातें भी आपस में बांटने लगे। दोनों परिवार कितना घुलमिल गए थे। डॉ. पांडे ने अपने मित्र प्रकाश को भी इस बार में बताया। सुनकर प्रकाश को अच्छा लगा और उसने इसे एक बढ़िया डिवेलपमेंट कहा।

राघव और चेतन का एमबीए कम्पलीट हो गया था। कैंपस प्लेसमेंट और जॉब के लिए भागदौड़ चल रही थी। एक दिन राघव और चेतन में सीरियस डिस्कशन हुई, इंदिरा को भी इसमें शामिल किया गया। तीनों बहुत ही गंभीर विषय पर बातचीत कर रहे थे। असल में वे एक नई शुरुआत के बारे में सोच रहे थे जो समाज को तो शायद अधिक पसंद न आए लेकिन इस शुरुआत से एक स्वर्ग बन सकता था। क्यो न लता और डॉ. पांडे की दोस्ती को रिश्ते में बदल दिया जाए।

मतलब क्यों न दोनों की शादी करवाकर उन्हें एक बंधन में बांध दिया जाए। यह विचार सोचने में जितना सीधा था, इसे साकार करना उतना ही कठिन। समाज, रिश्तेदार सबको समझाना। खैर, बहुत देर तक इस विषय पर बात करने के बाद तय किया गया कि राघव और इंदिरा अपनी बुआ और प्रकाश अंकल के ज़रिए पापा को मनाने की कोशिश करेंगे। चेतन इस मामले में अपने मामा से मदद मांगेगा। उन्हें उम्मीद थी कि उनके रिश्तेदार उनकी मदद ज़रूर करेंगे।

बच्चों ने अपनी बात मनवाने के लिए कई बार डॉ. पांडे और लता को एक साथ बैठाया, कुछ रिश्तेदार भी बुलाए गए। बच्चों ने समझाया कि तीनों को पापा-मम्मी मिल जाएंगे। डॉ. पांडे और लता इस सब के मध्य अपने आपको एक दूसरे का पूरक जैसा महसूस करने लगे थे। और तो कुछ नहीं, बस दो ही

कारण थे जो उन्हें एक कर सकते थे। पहला - इस पड़ाव पर जीवनसाथी का अभाव और दूसरा-बच्चों की खुशी। कितना प्यार करते हैं वे तीनों एक दूसरे से। बहुत बार मनाने के बाद, आख़िरकर डॉ. पांडे और लता ने बच्चों का प्रस्ताव स्वीकार लिया। शर्तें दो ही थी - शादी रजिस्टर्ड हो और कोई ताम झाम नहीं हो।

कुछ दिनों बाद राघव और चेतन एस्टेट ऑफिस की बिल्डिंग में पीए के रूम में अफसर के आने का इंतजार कर रहे थे।

'काम क्या है।' पीए ने पूछा।

'सर, दो घरों को एक करना है और कुछ थोड़े बहुत चेंजिज हैं। परमोशन चाहिए।' राघव ने जवाब दिया।

डॉ. पांडे ने अपने घर के लिए एक नेमप्लेट बनवाई - 'चेतन, राघव और इंदिरा पांडे'

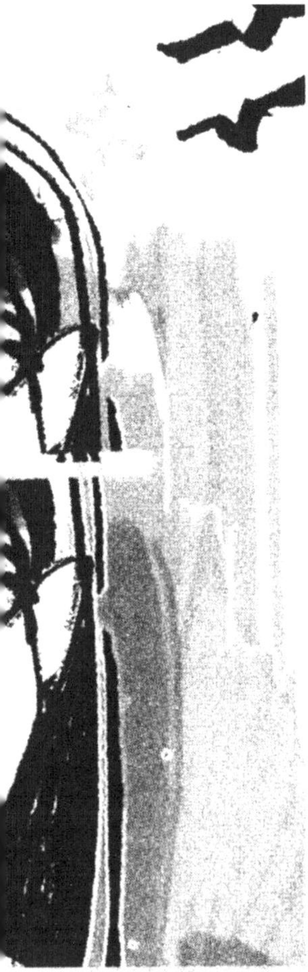

एक्वेरियम

एक बेटे और एक बेटी के साथ उदयपुर में ज़िंदगी पटरी पर थी। रेलवे में इनकी नौकरी के चलते हमें सरकारी क्वार्टर अलॉट था। बग़ीचे में सब्ज़ियां बोई थी और सामने आम के पेड़ पर बच्चों ने झूला बनाया था। स्कूल के बाद एकाध घंटे झूला करते, अठखेलियों से आंगन खिला-खिला रहता।

आभा ने एक टीवी चैनल का सिंगिंग कंपीटीशन जीत लिया था। अख़बार में उसका इंटरव्यू आया कि कैसे एक मेडिकल स्टूडेंट ने अपनी आवाज़ के ज़रिए गाने का सुनहरा अवसर पाया। फाइनल के लिए उसे मुंबई जाना पड़ा और हम इनके चाचा के लड़के के यहां हफ्ते भर के लिए ठहरे। बस सिंगिंग कंपीटीशन क्या, आभा तो वहीं की होकर रह गई। उसे कुछ एड फिल्मों के ऑफर आए। मेडिकल की पढ़ाई बीच में छूट गई। हालांकि बाद में उसने बीबीए का प्राइवेट एग्ज़ाम दिया और पास हो गई।

नीलाभ ने अपनी पढ़ाई उदयपुर में जारी रखी और अब इंजीनियर है। मेरी और इनकी ज़िंदगी मुंबई और उदयपुर की बीच की सुपरफास्ट ट्रेन की तरह हो गई थी। नौकरी की वजह से यह उदयपुर रहते

और मैं कई-कई दिनों के लिए आभा के पास मुंबई रहती। नीलाभ की नौकरी पुणे में हो गई थी। उससे मिलने का मौका तो बस अब मुझे कभी कभार ही मिलता। लोग अब आभा को जानने लगे थे। मेरे पास एक ब्लैकबैरी फोन आ गया था। अक्सर वह फोन पर कहा करती, 'आप तो एक सुपरहिट हीरोइन की मां बनोगी। गाना गाते-गाते और प्लस टू में मेडीकल की पढ़ाई करते पता नहीं यह मॉडलिंग का भूत कैसे सवार हो गया था उस पर। उम्मीद से ज्यादा मेहनत कर रही थी।

अब तो दोनों बच्चों की शादी का अरमान था। नौकरी की चिंता तो मिट गई थी। दोनों बच्चे लगभग सैटल हैं । मेरे घुटनों में दर्द रहने लगा है। अब सफर नहीं होता। हालांकि हम मुंबई से उदयपुर 'बाए एयर' सफ़र करने लगे थे। नीलाभ भी एक बार हमारे पास मुंबई छुट्टी काटने आ गया था। अब मैं हर 15 दिन बाद उदयपुर का सफ़र करने की सोच रही हूं। पिछले कई दिनों से मैं आभा के पास हूं। उदयपुर में अब आभा के पापा अकेले रहने में मुश्किल महसूस करने लगे थे। उम्र का असर था। अंततः हमने इसका हल निकालने कर निर्णय किया।

आभा का कहना था मुझे उसके पापा के साथ उदयपुर रहना चाहिए। कभी-कभार मुंबई आया जा सकता है। बदलते मौसम, हर रोज के सफर, इनकी नौकरी और सेहत को देखते हुए मुझे आभा की बात कुछ जंच गई। पर उसे अकेला छोड़ने का मन बिल्कुल न था। आभा अब 25 और नीलाभ 28 का है। शादी के लिए आभा तैयार नहीं है। उसे अपने भविष्य यहीं बम्बई में ही नजर आ रहा है। हमारी इच्छा है कि वह शादी करके मुंबई में ही सैटल हो जाए और एड फिल्मों के अपने कैरियर को कॉन्टीन्यू करे। चाहे अपनी ही पसंद के लड़के से शादी कर, हमें कोई दिक़्क़त नहीं। हम उसे मनाने की कोशिश में हैं।

फिलहाल मुंबई में फ्लैट खरीदने की सोच रहे हैं। आभा की जमापूंजी में थोड़ा पैसा डालकर उसे फ्लैट लेकर देने की इच्छा है। ख़ैर, यह तय हो गया। फ्लैट की तलाश शुरू की गई और जल्द ही हमने उसे एक घर ले दिया। दो कमरों का यह फ्लैट मीरा रोड पर है। पानी की कोई दिक़्क़त नहीं है। सिनेमैक्स थियेटर के ठीक सामने। पांचवां फ्लोर। एक बॉलकनी है और पार्किंग स्पेस इतनी कि आभा की कार के साथ दो और वाहन पार्क किए जा सकते हैं।

भला और क्या चाहिए था।

अब हम ज्यादा समय उदयपुर में रहने लगे। आभा को एड फिल्मों के

साथ एक फिल्म में काम करने का मौका मिला। हमने कभी नहीं सोचा था हमारी आभा मुंबई जाकर चमक दमक की इस दुनिया में अपनी जगह बनाएगी। वह बता रही थी कि सब बहुत बढ़िया चल रहा है। हमने बस उससे इतना ही कहा है कि छपने वाली उसकी तस्वीरें ढंकी और साफ़ होनी चाहिए। वो चुनिंदा कंपनियों के लिए मॉडलिंग कर रही है।

एक दिन बैठे-बैठे मैंने आभा को फोन लगाया।

'हैलो, हां बेटा, क्या बना। तुम वो फिल्म के बारे में तय करने वाली थी?'

'मम्मी, मैंने सोच लिया है, मैं उस फिल्म में काम नहीं करूंगी।'

अरमान आभा को जीने नहीं दे रहे थे। कैमरे की फ्लैश लाइट्स और चमचमाती कारों के काफ़िलों के बीच दाखिल होना है। वे कहते हैं, तुम्हारी बेक्ग्रांउड नहीं है। तुम सोनम या करिश्मा कपूर तो नहीं हो। आभा हो। आभा गुहा। फिर कैमरे की फ्लैश लाइट्स के बीच कैसे दाखिल हुआ जाए। एक दो 'हल्की-फुल्की' फिल्में करो। दोस्त बनाओ। मुंबई की नाइट लाइफ को जीना सीखो।

अब दिमाग़ इसी तरफ चलने लगा था। उसकी मां कहती है कि उसे ऐसी-वैसी हल्की फिल्में नहीं करनी चाहिए। लेकिन सच तो यह है कि घर से दूर इस घर में आभा का जीवन कैसा है, यह उन्हें पता नहीं है। अनजान शहर के अनजान लोग आभा के जीवन का हिस्सा बन गए।

आभा का दोस्त रॉकी फोटोग्राफर है।

फोटो शूट्स आभा के लिए आए दिन का काम है। आभा के कहने पर रॉकी ने उसकी तस्वीरें आगे पहुंचा दी। रॉकी के साथ रहकर वह अपने आपको एक बड़ी मॉडल की तरह महसूस करती है।

'आई एम जस्ट बीईंग प्रोफशनल। मम्मी नहीं समझेंगी। वो तो शादी तक सूट-साड़ी में लिपटी रहने वाली लड़कियों वाली सोसायटी से हैं।' अक्सर आभा अपने दोस्तों से कहा करती थी।

आभा की मां उससे मिलने जा रही है। डेढ़ महीना हो चला उसे देखा नहीं।

मुंबई फ्लैट में मेरे दाख़िल होते ही आभा चीखी।

'ओह मां! आओ। पहले यह देखो, मेरा एक्वैरियम और मछलियां।'

'कहां से खरीदा।'

'अरे गिफ्ट मिला है मम्मा।'

बाद में चाय पीते समय उसने मुझे अपनी कुछ तस्वीरें दिखाई।

'अच्छा हां, मैं आपको बता रही थी कि एक फिल्म है। मतलब छोटा है प्रोड्यूसर, पर दम है। सोच रही हूं, एक बार करने में क्या हर्ज है।

'बेटा, ख़्याल रख अपना। याद रखना तू ईश्वर गुहा की बेटी है। लोग देखते हैं।' मैंने उसे प्यार से समझाया।

'मुझे याद है मम्मी।' उसने झुंझलाते हुए जवाब दिया।

'तुम कब जा रही हो? तुम्हें घुमाने ले जाऊंगी।' आभा ने मुझसे रात के खाने का वक्त पूछा।

'तेरे पापा को ऑफिस के काम से दिल्ली जाना है। बस इस बार चार दिन का ही बन पाया।' मैंने उसे बताया।

आभा का दिन फोन से शुरू होता और देर रात तक बस फोन पर फोन। मैंने चारों दिन खाना ख़ुद पकाकर खिलाया उसे। मेड को घुसने नहीं दिया किचन में। घर आने का वही देर रात का टाइम है आभा का। मैं खाना खाकर लेट जाती। बहुत कोशिश की यह जानने की कि वो कहां और कैसे बिज़ी है। उसका काम हो शायद ऐसा है। हमारी समझ से परे।

उदयपुर लौटकर बेचैनी सी हो गई।

आभा ज्यादा बिज़ी हो गई है। अब टाइम नहीं है हमसे बात करने का, हमारे साथ खाना खाने का। चार दिन मैं उस एक्वेरियम के पास बैठी रही। मछलियां सुंदर हैं। उन्हें आटे की गोलियां डालना मुझे बहुत अच्छा लगा।

आभा कह रही थी, उसकी तस्वीरें बड़ी कंपनियों के लिए बड़े मैगजीन्स में छपती हैं। उसने मुझे कई मैगजीन्स दिखाई भी। साबुन का इश्तिहार था।

'मैं सोचती हूं, अब मुंबई जाना कम कर दूं।' मैंने इनसे राय मांगी।

'भई देखो, मैं तो पिछले 2 साल से कह रहा हूं आभा को। कभी अपने घर उदयपुर आकर मिल जाओ। सुशीला, अब वो नहीं आ पाएगी। तुम यहां घर के काम में मन लगाओ। वो अब बड़ी हो गई है। एक शब्द है अंग्रेज़ी का 'स्पेस'। उसे अब अपना जीवन जीना है। अब वो पेड़ पर चढ़कर आम तोड़ने वाली हमारी नन्ही बिटिया नहीं है। तुम्हारे आंगन की रौनक अब बम्बईया हो चली है।'

सच ही तो कह रहे हैं।

मेरा मन बैठ सा गया। जी नहीं मानता। अपने पापा की रिटायरमैंट पार्टी में नहीं आ पाएगी आभा। मैंने ज़िद की तो नीलाभ ने मुझे डांट दिया।

'उसकी डायरी में अब पापा के लिए डेट्स नहीं है।' नीलाभ ने मुझे समझाते हुए कहा।

रिटायरमेंट पार्टी पर हर कोई उसे याद करता रहा। नीलाभ का गुस्सा आपे से बाहर हो रहा था।

आभा के पापा कई दिनों तक उ आने का इंतज़ार करते रहे।

बोले नहीं, पर टूट गए थे।

नीलाभ वापस पुणे लौट गया।

इनकी सेहत अब वैसी नहीं रह. ाभा की चिंता करते हैं। नीलाभ के लिए कुछ रिश्ते आए हैं। हमने बात भी चलाई एक दो जगह।

'वो माखनलाल की बेटी फाइनल करो। नीलाभ ने 'हां' तो कह ही दी है। ' इन्होंने एक-दिन मुझसे नीलाभ की शादी के बारे में सीरियस होने को कहा।

'हां क्यों नहीं। मैं आज ही उनकी पत्नी से बात करती हूं।' मैंने इनकी हां में हां मिलाई।

शादी की तारीख़ फाइनल नहीं हो पा रही। आभा के फोन का इंतज़ार है।

अंततः उसका फोन आया। 'मम्मी 13 मार्च मुझे सूट करती है।'

'लो, आ गया आपकी लाडली का फोन। तारीख़ फाइनल कर दो। अपनी ाभी को सीधे शादी पर ही देखेगी। मैं बहुत खुश हूं।'

शादी के तीन दिन बाद आभा मुंबई लौट गई। नीलाभ महीने बाद अपनी दुल्हन लेकर पुणे रवाना हो गया।

सर्दी की अलसाई दोपहर में गुहा परिवार के घर की घंटी बजी तो सुशीला दरवाज़े की ओर बढ़ी।

'गुहा साहब हैं क्या ?' मेरे सामने वकील की वर्दी में एक व्यक्ति था।

'आप कौन?' मैंने उनसे पूछा।

'मैं एडवोकेट सिन्हा।'

'भई मैं नीलाभ और आभा का भविष्य फाइनल कर रहा हूं। दोनों का आधा-आधा। ' इन्होंने मुझे बताते हुए कहा।

'यह क्या अचानक ? '

'हां सुशीला, मुझे नहीं लगता वो शादी करेगी। करेगी भी तो देर से। ऐसे

में उसके बारे सोचना पड़ेगा।' इनकी चिंता सही तो थी।

ख़ैर, सिन्हा साहब अपना काम करके लौट गए। उनके जाने के बाद ये काफी प्रसन्न दिखाई दे रहे थे।

दिसंबर की एक दोपहर में हम दोनों अपने घर के पिछवाड़े में कुर्सियों पर बैठे मूंगफली खा रहे थे। अचानक इन्होंने सीने और बाज़ू में दर्द महसूस किया। अपने पड़ोसी त्रिपाठी जी की कार में हम तुरंत इन्हें सरकारी अस्पताल ले गए।

मैंने नीलाभ को फोन किया। वह उदयपुर के लिए रवाना हो गया।

अगले दिन, अस्पताल में बिस्तर पर लेटे हुए इन्होंने अचानक आभा की तस्वीर लाने को कहा।

'वो ख़ुद आ रही है पापा।' नीलाभ ने उनका हाथ थामकर समझाया।

'नहीं, वो व्यस्त है।' इन्हें बेटी के आने की कोई उम्मीद नहीं थी।

बच्चों सी ज़िद के आगे मुझे और नीलाभ को मानना पड़ा और बैठक में रखा आभा का फोटो उनके सिरहाने रख दिया।

आभा अगले दिन सीधे अस्पताल पहुंची।

'तू अपना पूरा नाम क्या लिखती है?' बातें करते-करते इन्होंने अचानक आभा से पूछा।

'पापा, आभा गुहा।' उसने अपने पापा की बांह पर हाथ रखते हुए कहा।

'मुझे भूल तो नहीं गई?' और आंखों के किनारों से पानी बह निकला। तकिया भीग गया और आभा भी रो दी।

'पापा ठीक नहीं हैं। डाक्टर ने बताया है। तुम अभी यहीं रहो।'

नीलाभ ने आभा समझाया।

वो समय भारी पड़ा और सुशीला घर में अकेली जन रह गई। डॉक्टर्स ने नीलाभ के पिता को बड़े अस्पताल में भी रैफर किया लेकिन वह दूसरा हार्ट अटैक सहन नहीं कर पाए। आभा और नीलाभ को बता दिया गया था कि उनका हिसाब पापा कर गए हैं और यह घर अब दोनों का है।

'तुम दोनों जाओ अपनी नौकरी देखो। मैं उदयपुर नहीं छोड़ सकती।' मैंने कहा तो दोनों बच्चों ने ज़िद की। ख़ैर, बच्चे समझाने पर समझ गए और अपने-अपने घर लौट गए।

घर में मन लगाना बहुत कठिन था लेकिन धीरे-धीरे अब इस घर के अकेलेपन के साध मेरा मन रम गया था।

'सुशीला, कहां हो? अपनी आभा की तस्वीर अखबार में छपी है।' साथ वाले घर से आई पड़ोसिन जानकी ने आवाज़ दी।

'अरे वाह, कितनी प्यारी फोटो है। किसी वाशिंग मशीन का इश्तहार है। ' मैंने खुश होते हुए कहा।

उधर, आभा ने एक फिल्म में काम किया और वापस मॉडलिंग शुरू कर दी।

उसका ज़्यादातर काम रॉकी के साथ ही था।

दोनों की शामें एक साथ बीत रही थीं। जहां रात हो जाती, वहीं सो जाते। आभा अब ज्यादातर रॉकी के घर रहती। उसका अपना फ्लैट खाली पड़ा है। अब तो मेड ने भी आना बंद कर दिया था।

'हैलो। तुम्हारी मम्मी बोल रही हूं आभा।'

'हैलो, हैलो, हैलो।' आभा को सुनाई नहीं दिया।

कुछ ही पलों में फोन दूसरी ओर से कट गया। सुशीला फिक्रमंद हो गई। उसने नीलाभ को फोन लगाया।

'हैलो, नीलाभ। आभा से बात कर। उसका फोन नहीं लग रहा।'

दो महीने बीत चले। आभा से कोई कॉन्टेक्ट नहीं हो पाया। अंततः नीलाभ ने मुंबई जाने का फैसला किया।

पहुंचा तो पता चला कि वह कई महीनों से अपने घर नहीं आई।

उसका फोन भी नहीं लग रहा। यह एक दिल दहल जाने वाला समय था। बड़ी मुश्किल से पता चल पाया कि वह वर्ली में अपने एक दोस्त के पास है।

नीलाभ का मन नहीं था उससे मिलने का। अपनी मां को भी उसने यह कहकर टाल दिया कि आभा किसी फिल्म की शूटिंग के लिए देश से बाहर गई है और आकर हमें फोन करेगी।

सुशीला अपनी पड़ोसिन जानकी के साथ सब्ज़ी मंडी में घूम कर ताज़ी सब्जियां और फल खरीद रही थी।

हरी सब्जी की एक रेहडो पर सुशीला को सब्जियां ठीक लगी तो वह ठहर गई।

'बहन जी, गाजर कितनी तोल दूं। '

'एक किलो। '

उसने गाजर पर ताजे पानी का छींटा देकर उन्हें चमका दिया। अखबार के

एक बड़े लिफ़ाफ़े में उसने सूखी, लम्बी, लाल और ताज़ी गाजर के कुछ पीस डालकर तोल दिए।

'यह लीजिए बहन जी।'

'एक मिनट। सुशीला, इस लिफ़ाफ़े को देखो। इस पर तो आभा की तस्वीर है।'

'कहां ?' सुशीला ने हैरानी से पूछा।

'यह देखो। यह कैसी तस्वीर है। आभा ने यह क्या पहना है सुशीला? बल्कि पहना तो कुछ है ही नहीं।'

सुशीला को महसूस हुआ जैसे कोई उसे दलदल में धकेल गया है। तीन महीनों से बात नहीं हो पाई बेटी से। और उस पर ऐसी भौंडी तस्वीर।

'अरे नहीं बहन जी, आपकी बेटी नहीं हो सकती।' सब्ज़ी वाले ने हैरानी से देखते हुए कहा।

गाजरों के गीले होने की वजह से लिफ़ाफ़ा गलकर सुशीला के हाथ से चिपक गया और साथ ही वह तस्वीर भी पानी हो गई थी।

मुंबई के एक खाली फ्लैट में रखे एक्वेरियम की दुर्गंध सारी बिल्डिंग में फैल गई।

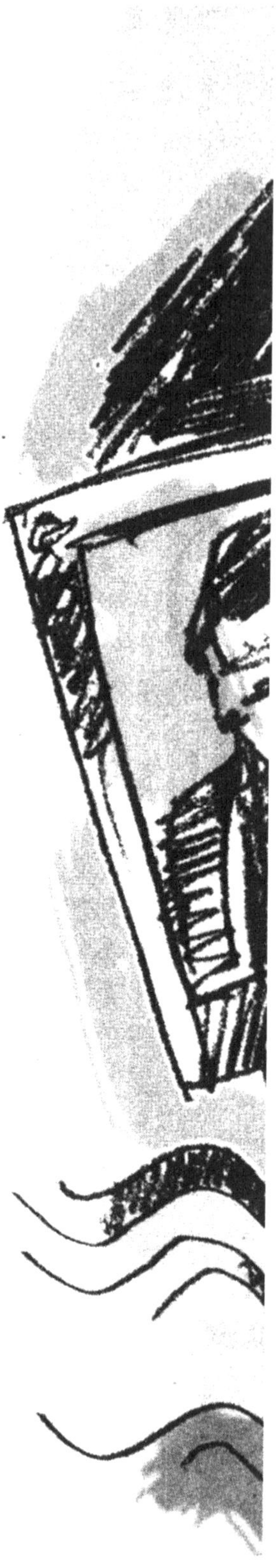

टोक्यो फ्लाइट

मैंने उसे दो साल से नहीं देखा। मेरा और उसका ऑफिस रूट लगभग एक है लेकिन कभी दिखाई तो नहीं दी। पता नहीं फिर भी क्यों शाम को जब मैं ऑफिस़ से घर जाता हूं तो मुझे ऐसा लगता है कि मेरे बिल्कुल पीछे वाली कार को वह ड्राइव कर रही है। सुबह जब ऑफिस को निकलता हूं तो लगता है कि साथ वाली रोड पर उसकी गाड़ी मुझे अभी-अभी क्रॉस करके गई है। वह मेरी पत्नी हुआ करती थी। हम दोनों में बहुत सी बातें एक सी हैं या थीं। जब हम एक घर में रहा करते थे तो अक्सर इस़ बात को लेकर हंसते कि कैसे हम दोनों की आदतें बिल्कुल एक सी हैं।

मेरे ऑफिस में रूही ने एक बार मुझसे कहा था कि सर आपको तो कोई भी लड़की पसंद कर लेगी। आप अपने पास्ट से आगे निकलो। और एक मैं हूं कि अब तक भूल नहीं पाया।

इस शहर में ज़िंदगी का मतलब है, हर रोज़ ऑफिस, लेपटॉप, कभी-कभार दोस्त के घर पर बीयर और मेरे अपने घर का ख़ाली डाइनिंग टेबल। इस

डाइनिंग टेबल की पांच कुर्सियों के साथ मैं हर रोज़ खाना खाता हूं। वो कैसे रहती है, कहां जाती है और उसकी ज़िंदगी में अब और कौन-कौन है। अलावा उनके जिन्हें मैं जानता हूं। मैंने कभी जानने की कोशिश नहीं की। पर मुझे पता है उसकी ज़िंदगी में और कोई नहीं है अलावा उनके, जिन्हें मैं जान्ता हूं। हमारी तीन साल की शादी के फोटोग्राफ्स एक अलमारी में रखे हैं, उसके पास एक भी फोटोग्राफ नहीं होगा सिवाए उनके जो उसके पेरेंट्स के घर पर एलबम्स में चिपके हैं। उसके पास हमारे हनीमून की एक भी तस्वीर नहीं है।

डाएवोर्स का मतलब हम दोनों के लिए एक-दूसरे से अलग हो जाना था। बात इतनी बढ़ गई थी कि दोस्तों और रिश्तेदारों के बस के बाहर हो गई। हमारे प्रोफेशन अलग-अलग थे।

ऑफिस में आज पार्टी है। एचआर ने ई मेल में ड्रेस कोड भी लिखा है। सेमी फॉर्मल। काका को बोलना भूल गया कि खाना बाहर है। उन्होंने पका कर रख दिया। अजीब हैं काका भी, बिल्कुल पापा की तरह मुझे टोकते रहते हैं- शादी करो, अकेले कब तक रहोगे। मैं झुझंला जाता हूं पर खुश भी हूं कि कोई है मुझे टोकने वाला। पापा-मम्मी जब भी यहां आते काका उन्हें और भड़का देते। और इस तरह वे सभी शादी करने के लिए मेरे पीछे पड़ जाते।

कौन सी शर्ट पहनूं। ढेरों हैं। यह एक कोने में टंगी है। उसी ने खरीदी थी। ऐसे ही कई बार मेरे लिए कुछ-कुछ उठा लाती थी। एक शहर है कभी देख लिया इस शर्ट को पहने हुए, तो बेकार इमोशनल होगी। वैसे अलग हुए दो साल हो गए हैं। कभी दिखाई तो नहीं दी। हां, एक बार दिखी थी, जोशी जी के यहां। वह परिवार हम दोनों से जुड़ा हुआ है। डेढ़ एक साल पहले उनके बेटे की शादी थी। मैं उसे डिनर एरिया के पास एक कोने में खाना खाते देख ठिठक गया था। अकेली थी। जोशी परिवार ने बहुत कोशिश की थी हमें जोड़े रखने की पर यह हो न सका। उसने खाना खाने के बाद जब पेवमेंट की ओर रुख किया तो मुझे देखा। अजीब सा लगा। जैसे दो जाने पहचाने अजनबी हों। न हेलो न हाय फिर भी ढेर सारी बातें

कर गई थी वो 'एक नज़र'। वो मुझे मिस करती है। उसे पता है मुझे सिल्क उस पर बहुत भाता है। सिल्क का चूड़ीदार पहना था मैचिंग लम्बे कुर्ते के साथ। हल्के नीले और गुलाबी रंग का।

खैर, मैं यह क्रीम शर्ट ही पहन लेता हूं। वैसे कुछ दिन पहले जब कोलकाता गया था तब मीटिंग में यही शर्ट पहनी थी। मुझे याद है, संजीव ने एक बार अपनी कज़िन से मिलवाया था। उसने कुछ कहा नहीं था पर मैं समझ गया था कि वह हमारी शादी करवाने की सोच रहा था। उस लड़की के पति की एक्सीडेंट में मौत हो गई थी। संजीव ने जब अपने घर पर मुझे डिनर पर इन्वाइट किया तब मैं यह क्रीम शर्ट पहन गया। उस लड़की का नाम मुझे याद नहीं, पर अच्छी थी डिनर के दौरान सारा समय मैं उस शर्ट से बाहर नहीं आ पाया। जैसे अब भी विवाहित हूं और 'उसी' का पति हूं। संजीव का आइडिया सही नहीं रहा और वह थोड़ा उख़ड़ भी गया। मैंने सोच लिया था जब तक मेरी पूर्व पत्नी के शादी कर लेने की ख़बर मुझे नहीं मिल जाती, मैं ब्याह करवाने के बारे में नहीं सोचूंगा। मेरे लैपटॉप पर उसकी तस्वीर का वॉलपेपर ऑफिस में मज़ाक का कारण बना करते थे। उसके हैंड बैग में एक छोटा पाउच था जिसमें हम दोनों की एक तस्वीर थी। शादी के बाद हम दिन भर इंटरनेट पर ऑनलाइन बातें किया करते।

ऑफिस की पार्टी के लिए मैं लेट हो रहा हूं। संजीव का एक मिस्ड कॉल है फोन पर। यह कमीज़ मुझे फब रही है। उसको कैसे मालूम था कि मुझे कौन सा कपड़ा बिल्कुल सही फिट आएगा और इत्ता जंचेगा। मैंने आखिरी बार उसे सेंट्रल मार्केट से साड़ी दिलाई थी। गुलाबी रंग की। जाते समय वह उसे अपने साथ ले गई थी। उसकी गाड़ी एक बार मुझे सेंट्रल मार्केट में पार्क दिखाई दी थी। मैंने एक-दो बार यहां-वहां नज़र दौड़ाई फिर सोचा दिख भी गई तो हम दोनों परेशान ही होंगे इसलिए मैं चला आया।

ऑफिस की पार्टी में सभी चेहरे एक साथ देखने का मौका मिला। रूही ने मुझे अपने घर खाने पर इन्वाइट भी कर दिया। अपने पेरेंट्स के साथ रहती है। अच्छी लड़की है। पर मेरा अभी शादी का मन नहीं है। उसके घर जाना

पड़ा तो संजीव को साथ ले जाऊंगा।
टोक्यो के लिए रवाना होना है अगले हफ्ते। वापसी छह दिनों बाद। पिछले छह महीनों में दूसरी बार टोक्यो जाना होगा। इंटरनेशनल फ्लाइट्स थका देती हैं। काका को सामान तैयार करने के लिए कहा है। मेरे पास एक आई पॉड रखा है जो उसने बर्थडे का तोहफा दिया था। अलमारी में। वैसे उसके जाने के बाद मैंने सिगरेट कम कर दी थी। उसकी एक तस्वीर लिविंग रूम के ड्रॉउर में रखी है। मम्मी ने वह तस्वीर एक बार छुपा दी थी और कभी न लौटाने की ज़िद की थी। खरी-खोटी समेत। वे मेरी दूसरी शादी करवाने पर अड़ गई थीं। पर मैं टस से मस नहीं हुआ। अगले महीने मम्मी के वापिस लौट जाने के बाद मुझे वह तस्वीर उसी ड्रॉउर में रखी मिल गई थी।
टोक्यो फ्लाइट डिपार्चर के लिए लेट हो गई है। घर लौटने के बजाय यहीं तीन घंटे बिताए जा सकते हैं। मैं टहलने के लिए एयरपोर्ट के शॉपिंग कॉम्पलैक्स की ओर निकल गया। एक घड़ी की दुकान में मुझे मेरे मतलब की घड़ियां दिखाई दे रही हैं। मुझे घड़ियां पसंद हैं। कुछ तोहफों में मिली हैं, पर ज्यादातर मेरी अपनी कलैक्शन है। दुकान पर सन्नाटा सा है। महंगे प्राइस टैग्स के साथ एक से एक घड़ी मौजूद है। मैं सोच रहा हूं कुछ खरीदूं या फिर सिर्फ विंडो शॉपिंग की जाए। यहां मैं एक बार पहले भी आया हूं।
'एक्स क्यूज़ मी, आप वह सामने वाले ग्रे वॉच दिखाएंगे ज़रा।'
यह आवाज़ तो 'उसकी' है। मैं मुड़कर नहीं देख सकता। यहां, इस वक्त? मुझे सुनना है वह क्या कह रही है और यहां एयरपोर्ट पर क्या कर रही है।
'सफेद रंग में कोई घड़ी दिखाइए'
मैं तुरंत दुकान से बाहर आ गया। थोड़ी दूर एक कॉफी कांउटर के पास। उसे देखने के लिए। वह गुलाबी रंग के सूट में थी। एक हाथ में हैंड बैग। दुकानदार घड़ियां लाकर उसके सामने रख रहा था और वह बीच-बीच में दूर टकटकी लगाए देखती है। जैसे कोई उसका इंतज़ार कर रहा है।
अचानक वह दुकान से निकल कर सिक्योरिटी की ओर चल दी। एक व्यक्ति जो अपने हाथ में ट्राली लिए गार्ड से बात कर रहा है। मुझे अहसास हुआ कि उन दोनों का सामान एक ही ट्राली पर है। मैं वहीं जड हो गया।

उसने शादी कर ली? और मुझे पता भी नहीं।
मेरे मोबाइल में अब भी उसकी एक तस्वीर सेव है। मैंने उस तस्वीर को देखा, बहुत दिनों बाद। मुझे याद आया वह दिन जब आख़िरी बार उससे कोर्ट में मिलना हुआ था। जिस दिन हमें 'लास्ट कांउसलिंग' के लिए कहा गया। वह कांउसलिंग रूम की ओर चली गई थी लेकिन मैंने अपने वकील से साफ़ मना कर दिया था। उस दिन उसकी आंखों में मैंने आंसू देखे और मुझे महसूस हुआ कि उसे शायद पैच-अप की एक आख़िरी उम्मीद थी। मैं इस रिश्ते को आख़िरी मौका भी नहीं देना चाहता था। न जाने क्यों मेरा मन उसे हर्ट करने को था और मुझे पता है ऐसा करके मैंने उसका दिल एक आख़िरी बार तोड़ दिया था।
लेकिन अपने मोबाइल फोन से उसकी तस्वीर मैं डिलीट नहीं कर पाया था। आज देखकर कि वह जीवन में आगे बढ़ गई है, मेरी आंखें नम हो गई थीं।
लड़खड़ाते कदमों को बड़ी मुश्किल से संभालते हुए मैंने संजीव को फोन लगाया।
'संजीव तुम्हारी कजिन, जिससे मैं मिला था, उसकी शादी हो गई ...?'

डिंपी और मनी

डिंपी हर रोज़ सुबह 5.45 पर हॉस्टल गेट पर आ जाती है। बाई जी पूरे 6 बजे गेट का ताला खोलते हैं। पर डिंपी का 15 मिनट पहले पहुंचना लाज़िमी है। मनी से मिलने की जल्दी में डिंपी कभी शॉल ओढ़ना भूल जाती तो कभी जुराब पहनना। अपनी लाल रंग की पंजाबी जूत्ती पहने होश खोए पहले फ्लोर पर बने अपने कमरे से दौड़ते हुए वह गेट तक आती। मनी पहुंच गया होगा इस डर से वह समय से पहले ही वहां पहुंच जाती। बाई जी के आने तक डिंपी लोहे के लम्बे गेट के दूसरी ओर खड़े मनी के साथ ज़ोर-ज़ोर से बोलकर बातें करती रहती और गेट खुलते ही ऐसा लगता मानो जेल से प्रेमी आज़ाद हुए हों।

पंजाबी यूनिवर्सिटी के मास कम्यूनिकेशन डिपार्टमेंट की स्टूडेंट डिंपी, थियेटर डिपार्टमेंट के मनी को दिल दे बैठी। प्रपोज़ तो मनी ने ही किया था पर डिंपी के दिल की बात भी यही थी। अभी सेशन शुरू हुए दो ही महीने हुए थे कि यह दोनों साथी बन गए। डिंपी और मनी की दोस्ती के चर्चे मास कम्यूनिकेशन और थियेटर डिर्पाटमेंट का कॉरीडोर लांघकर सारे कैम्पस में मशहूर हो गए थे। ऐसा नहीं था कि दोनों फ्लर्ट कर रहे थे। शादी का इरादा था। दोनों सिख थे

इसलिए जाति और धर्म की भी कोई समस्या नहीं थीं। दोनों के डिपार्टमेंट ब्लॉक 1 के ग्रांउड फ्लोर पर स्थित हैं। यहां तक कि इन दो डिपार्टमेंट्स के प्रोफेसर भी कभी कभार क्लास में इनकी दोस्ती पर कमेंट्स किया करते लेकिन बेहद हल्के-फुल्के अंदाज में। सुनकर डिंपी मुस्कुरा देती। मनी को बिल्कुल हीरो जैसा फील आता। मनी और डिंपी की दोस्ती शादी में तबदील हो जाएगी इसकी सभी को उम्मीद है।

मनी पटियाला का रहने वाला है और डिंपी यूनिवर्सिटी के हॉस्टल में रहती है। घर वैसे चंडीगढ़ में है। वहां अपने कॉलेज की गोल्ड मेडलिस्ट रही है। साइंस बैकग्रांउड की डिंपी को कब जर्नलिज्म का शौक चढ़ गया पता ही नहीं चला। हर समेस्टर में उसका टॉप करना लाज़िमी है। मनी पढ़ने में नालायक है और पहले ही समेस्टर में फेल हो गया। हाथ पैर जोड़कर, अपने चाचा की सिफ़ारिश पर बड़ी मुश्किल से ग्रेस मार्क्स से पास हो पाया। उसके चाचा यूनिवर्सिटी के नॉन टीचिंग स्टाफ में क्लर्क हैं। अटैंडेंस कम होने पर अक्सर वह अपने चाचा की मदद से बच पाता।

डिंपी बडे प्यार से मनी के नोट्स तैयार किया करती और अच्छे नम्बरों से पास होने के लिए लैक्चर देती। पढ़ने में डिंपी की होशियारी देखकर लड़के मनी को चिढ़ाया करते कि उसकी गर्लफ्रेंड पढ़ने में उससे कहीं आगे है और उसे अपने सिलेबस तक का पता नहीं। बड़ी मुश्किल से डिपार्टमेंट की प्रोडक्शन तले बनने वाले नाटकों में छोटे-मोटे रोल पाकर वह प्रैक्टिकल मार्क्स कम्पलीट किया करता।

जबकि यूनिवर्सिटी के वीकली न्यूज लैटर 'कैम्पस न्यूज़' में डिंपी की कम से कम दो बाइलाइन स्टोरीज़ हुआ करती। अपनी न्यूज़ स्टोरीज़ के माध्यम से डिंपी यूनिवर्सिटी कैम्पस पर एक उभरती हुई जर्नलिस्ट के तौर पर जानी जाने लगी थी। मनी गर्व से फूला न समाता। लेकिन डिंपी की लाख कोशिश के बावजूद वह पढ़ने में सुधार नहीं कर पाया। दोपहर करीब दो बजे डिंपी की थ्योरी क्लासिस खत्म होती। उसके बाद दो घंटे की प्रेक्टिकल क्लास डिंपी ने कभी अटैंड नहीं की। थ्योरी क्लासिस के बाद शाम तक दोनों कभी लाइब्रेरी के पास तो कभी कैंटीन में इकट्ठे घूमते नज़र आते। कई बार यूनिवर्सिटी का चप्पा-चप्पा छानने पर भी नहीं मिलते। शाम को पूरे छह बजे गर्ल्स हॉस्टल का गेट बंद हो जाता है। इस दौरान गेट के बाहर लड़के-लड़कियों का जमघट लगा रहता। स्टूडेंट्स खासकर जोड़े इस तरह बातें करते जैसे आज के बाद कभी मिलना ही

नहीं है। गेट बंद करने के लिए जब बाई जी गेट की चेन जोर से खड़खड़ाते तो इन जोड़ों के जैसे प्राण पंखेरू उड़ जाते और न चाहते हुए भी लड़कियों को गेट के भीतर होना पड़ता। इसके तुरंत बाद हॉस्टल में अटैंडेंस होगी और अगर कोई लड़की वहां नहीं हुई तो उसके पेरेंट्स को सूचित किया जाएगा। यहां के गर्ल्स हॉस्टल सख्ती के लिए दूर-दूर तक जाने जाते हैं।

डिंपी और मनी भी बड़ी मुश्किल से शाम को अलग हो जाते पर केवल अगली सुबह मिलने के लिए। अपनी दोस्ती में मशगूल मनी और डिंपी आस पास की दुनिया से कटे-कटे रहते। डिंपी हॉस्टल लौटने के बाद अपनी क्लास की लड़कियों के साथ मनी के बारे में बातें किया करती। इसके अलावा उसे और किसी बात का जिक्र करना जरा नहीं भाता। उसकी इस आदत से पूरे बैच को प्रॉब्लम थी। क्लास और हॉस्टल के साथी उसके साथ घुल्ने मिलने की कोशिश किया करते लेकिन वह अपने ख्यालों में डूबी रहती। उसकी बेरुखी से दुखी उसकी रूम मेट याशिका ने वार्डन को रूम चेंज करने की अर्जी दे दी थी। इस पर डिंपी और याशिका की बड़ी बुरी लड़ाई हुई। वार्डन किन्हीं कारणों से याशिका का रूम चेंज नहीं कर पाई। याशिका और धीरे-धीरे सारा बैच डिंपी से नाराज रहने लगा। इन लोगों ने इस बारे में अपने प्रोफेसर्स से बात की। सभी को लगता था कि शायद उसे अपने आप किसी दिन इस बात का अहसास होगा।

साल कैसे बीत गया, पता नहीं चला। यूनिवर्सिटी ऑडिटोरियम में गुरदास मान नाइट का आयोजन था। ऑडिटोरियम के बाहर मनी इंग्लिश डिपार्टमेंट के लड़कों से भिड़ गया। उनमें से एक ने डिंपी पर कमेंट किया था। थोडी दूर तैनात पुलिस वालों को वहां पहुंचने में दस मिनट लग गए और इतने में ही मनी ने एक लड़के की आंख फोड़ दी। डिंपी दूर खड़ी चिल्लाती रही और देखते ही देखते दोंनो डिपार्टमेंट्स के स्टूडेंट वहां पहुंच गए। फिर वही हुआ जो होना था। पुलिस मनी को पकड़कर थाने ले गई। बाद में थियेटर डिपार्टमेंट के बंटी ने अपने एमएलए दोस्त को फोन करके मनी को पुलिस के डंडे से बचाया। इस एपिसोड के बाद मनी को सारी यूनिवर्सिटी जानने लगी थी। मार पिटाई करने से वह बद्दिमाग, जिद्दी और सिरफिरे लड़के रूप में जाना जाने लगा।

फाइनल एग्जाम्स सर पर थे। डिंपी ने सुबह पांच बजे उठकर, एक घंटा पढ़ने का रुटीन बना लिया। लेकिन किसी भी हाल में मनी से मिलना नहीं छोड़ा। यह बात और है कि मनी ने अब तक किताबों को छुआ तक नहीं था। पहले साल के एग्जाम्स के बाद डिंपी की ट्रेनिंग एक मशहूर अंग्रेजी अखबार में हो गई।

मनी ने इस दौरान कुछ नहीं किया और डिंपी से मिलने के लिए चंडीगढ़ में अपने एक दोस्त के पीजी फ्लैट में रहने लगा। सिर्फ दो ही महीनों की तो बात थी। डिंपी के लाख समझने पर भी उसने कोई काम नहीं किया और सारा दिन डिंपी के ईर्द-गिर्द मंडराता रहता। लेकिन हर रोज अखबार में न्यूज़ स्टोरीज़ पर डिंपी का नाम पढ़कर मनी को कहीं न कहीं उससे कम होने का अहसास सताने लगा था। खबरें लिखने के लिए डिंपी देर रात तक ऑफिस रहती और मनी उसके ऑफिस के बाहर बैठे गेट मैन से बतियाता रहता। डिंपी किसके साथ आती है, जाती है, खबरों के लिए उसे कहां जाना है, मनी डिंपी से पल-पल का हिसाब मांगता। इस दौरान मनी ने डिंपी पर उसे अनदेखा करने का इल्ज़ाम लगाया। एडिटर और जर्नलिस्ट डिंपी के काम से काफी खुश थे। खैर, बड़ी मुश्किल से डिंपी ने ट्रेनिंग के दो महीने बिताए।

कैम्पस पर वापिस लौटने तक डिंपी को इस बात का अहसास हो गया था कि मनी उसके कैरियर और पर्सनल लाइफ को नष्ट कर देगा। डिंपी और मनी की दोस्ती के बारे में डिंपी के भाई को भी पता चल गया था। इसमें कोई शक नहीं था, कि डिंपी इस कैम्पस पर कुछ बनने आई है। दो महीने की ट्रेनिंग के दौरान मनी का व्यवहार और नालायकी देखने के बाद डिंपी को अहसास हुआ कि मनी वाकई में उसके लायक नहीं है। पर अब तक बहुत देर हो चुकी थी, अलग रहना अब डिंपी और मनी के बस की बात नहीं थी। दूसरे साल डिंपी ने मनी से दूरी बनाने की असफल कोशिश की। मनी ने ज़िद्द करके और दोनों डिपार्टमेंट्स के स्टूडेंट्स की मदद से डिंपी को फिर पटा लिया। थियेटर डिपार्टमेंट के एक प्रोफेसर ने डिंपी से वायदा किया कि मनी सेशन कम्पलीट हो जाने के बाद सुधर जाएगा। कमाएगा और उसके साथ शादी भी करेगा। इस तरह डिंपी और मनी की दोस्ती टूटते-टूटते बच गई। दूसरे सेशन में भी डिंपी और मनी एक-दूसरे से बतियाते तो नज़र आते लेकिन अब वो बात नहीं थी। जूनियर लड़कियों के साथ मोटरसाइकिल पर घूमने के मुद्दे पर कई बार डिंपी और मनी की लड़ाई हुई। लड़कियों के साथ घूमने की आदत के चलते डिंपी मनी से नाराज़ रहने लगी।

इसी तरह डिग्री का दूसरा साल भी बीत गया। पास आउट होते ही मनी की ज़िद पर डिंपी ने उसे अपने पेरेंट्स से मिलाने का फैसला लिया। रविवार के दिन मनी उनके घर आया लेकिन डिंपी के पिता के ज्यादातर सवालों का जवाब नहीं दे पाया। डिंपी के भाई कुलबीर ने सवालों की झड़ी लगा दी थी। इनमें से

सबसे जरूरी सवाल नौकरी का था। मनी के पास करने का काम नहीं था। जबकि डिंपी के हाथ एक अखबार में स्टाफ कॉरस्पोंडेंट की पोस्ट के लिए अपांएटमेंट लैटर था। स्थितियों को देखते हुए डिंपी के पिता ने इन दोंनो की शादी के लिए 'न' कह दी। अपनी बेटी का हाथ एक बेरोजगार के हाथ कैसे दे दें। अपने एक दोस्त के जरिए उन्होंने मनी और उसके परिवार के बारे में पता कराया तो पता चला कि वह कैम्पस पर लड़ाई-झगड़े के लिए जाना जाता है। सब जानने के बाद डिंपी की मां ने भी रिश्ते से इनकार कर दिया और ऐसा नालायक लड़का चुनने के लिए अपनी बेटी को खरी-खोटी सुनाई।

डिंपी ने जर्नलिज़्म ज्वाइन कर लिया था। लेकिन मनी से मिलने का मोह न छोड़ पाई। बेरोजगार मनी हर रोज उसके ऑफिस आता और डिंपी की छुट्टी वाले दिन वे दोनों शहर में यहां-वहां गुपचुप तरीके से मिलते। थियेटर से पास आउट मनी के बाकी दोस्त पंजाबी फिल्मों में रोल के लिए जोर लगाते रहे। इनमें से कुछ को काम मिल गया और कुछ लोगों ने थियेटर ग्रुप्स ज्वाइन कर लिए। या हिंदी फिल्मों की लालसा में मुम्बई निकल गए। पर मनी की इनमें से किसी चीज में रुचि नहीं थी। डिंपी के हजार बार समझाने के बावजूद मनी ने नौकरी के लिए हाथ-पैर नहीं मारे। बल्कि अब तो उसकी बदतमीजी के किस्से डिंपी के ऑफिस में मशहूर होने लगे थे। मनी ने एक दो बार डिंपी के दफ्तर के बाहर शराब पीकर दंगा किया जिसकी खबर एडिटर तक को लग गई। मनी को देखने जानने के बाद डिंपी के दोस्तों ने भी उसे मनी को छोड़ देने की सलाह दी। एक बार देर रात एक होटल वाले से लड़ाई होने पर डिंपी ने अपने सहयोगी जर्नलिस्ट से कहकर मनी को थाने से छुड़वाया। मनी ने शराब पीकर डिंपी को ही थप्पड़ रसीद कर दिए। जिसके बाद डिंपी सारी रात रोती रही।

इस बात में कोई शक नहीं था कि डिंपी मनी से प्यार करती थी। लेकिन यह बात भी सच थी कि वह मनी की नालायकी और बदतमीजी सहते-सहते टूट गई थी। एक बार ऑफिस में उसे बहुत उदास और अकेली देख कर उसके सहयोगी रिपोर्टर जय ने उससे बात की। डिंपी अपने आपको रोक नहीं पाई और फफक पड़ी। जय ने डिंपी के कहने पर मनी से ऑफिस के गेट पर एक मुलाकात भी की। मिलने के बाद जय ने डिंपी से कहा कि मनी से प्यार करना उसके जीवन की सबसे बड़ी भूल है और उसे मनी से अलग हो जाना चाहिए। मनी की नालायकी और जय का स्नेह, डिंपी को मनी से दूर ले गया एक शाम मनी ने जब किसी बात पर डिंपी को थप्पड़ मारा तो डिंपी से बर्दाश्त नहीं हुआ। यह

पहली बार था कि डिंपी ने वापिस उसे एक झापड़ जड़ दिया। झापड़ मारते ही उसने जय को फोन लगाया और उसके सामने शादी का प्रस्ताव रख दिया। ऐसे अचानक डिंपी की तरफ से आए इस प्रपोजल से जय को हैरानी हुई। इस विषय में बातचीत के बाद दोनों ने शादी करने का मन बना लिया। इस फैसले को उन्होंने गुप्त रखा और एक महीने में ही दोनों ने शादी कर ली।

डिंपी और जय एक ही अखबार में जर्नलिस्ट हैं। शादी को पांच साल बीत गए हैं। डिंपी ने कभी मनी की सुध नहीं ली और न ही अब उसे इस बात से कोई मतलब है कि वह कहां है।

डिंपी और जय की पहली सालगिरह पर मनी ने जय के मोबाइल पर फोन किया। उसने पी रखी थी। जय ने फोन करने का कारण पूछा। नशे में धुत्त मनी ने जय से कहा कि वह डिंपी को हमेशा खुश रखे और बहुत प्यार दे।

डिंपी को इस बात की खुशी है कि उसने जय का हाथ थामकर उज्ज्वल जीवन का चुनाव किया। जीवन में कभी-कभी चुनाव करना कठिन हो जाता है लेकिन अगर उस दौरान आप एक सही फैसला लें तो जिंदगी हमेशा के लिए बदल जाती है। दोनों अपने पहले बच्चे के इंतजार में हैं।

डिंपी को अक्सर महसूस होता है कि जय उसका पहला प्यार है।

सर्वश्रेष्ठ कहानियां
21 श्रेष्ठ कहानियां
विष्णु प्रभाकर
21 श्रेष्ठ कहानियां
शरत्चन्द्र चट्टोपाध्याय
21
चित्रा मुद्गल
21 श्रेष्ठ कहानियां
मन्नू भंडारी
21 श्रेष्ठ कहानियां
रमेश पोखरियाल निशंक
21
हिमांशु जोशी
21
रवीन्द्र कालिया
21
महीप सिंह
21
रामदरश मिश्र
डायमंड बुक्स
X-30, ओखला इंडस्ट्रियल एरिया, फेज-II नई दिल्ली-110020 फोन : 011-40712100
ई-मेल : sales@dpb.in Shop online at www.diamondbook.in

सर्वश्रेष्ठ साहित्य